CONGRÈS DES SOCIÉTÉS SAVANTES

À BORDEAUX

DISCOURS

PRONONCÉ

À LA SÉANCE GÉNÉRALE DU CONGRÈS

LE SAMEDI 18 AVRIL 1903

PAR

M. HENRY OMONT

DE L'INSTITUT
MEMBRE DU COMITÉ DES TRAVAUX HISTORIQUES ET SCIENTIFIQUES
CONSERVATEUR À LA BIBLIOTHÈQUE NATIONALE

PARIS

IMPRIMERIE NATIONALE

MDCCCCIII

CONGRÈS DES SOCIÉTÉS SAVANTES

À BORDEAUX

DISCOURS

PRONONCÉ

À LA SÉANCE GÉNÉRALE DU CONGRÈS

LE SAMEDI 18 AVRIL 1903

CONGRÈS DES SOCIÉTÉS SAVANTES

À BORDEAUX

DISCOURS

PRONONCÉ

À LA SÉANCE GÉNÉRALE DU CONGRÈS

LE SAMEDI 18 AVRIL 1903

PAR

M. HENRY OMONT

DE L'INSTITUT

MEMBRE DU COMITÉ DES TRAVAUX HISTORIQUES ET SCIENTIFIQUES

CONSERVATEUR À LA BIBLIOTHÈQUE NATIONALE

PARIS

IMPRIMERIE NATIONALE

MDCCCCIII

Monsieur le Ministre,

Messieurs,

Les progrès des sciences historiques ne peuvent être immédiatement constatés, comme ceux des sciences mathématiques ou naturelles, et ils ne se manifestent pas, avec une aussi rapide certitude
et une aussi évidente clarté, à chaque pas fait en avant, à chaque
sillon nouveau creusé dans leur vaste domaine. Il faut de patientes
enquêtes, de longues énumérations, des comparaisons nombreuses
et variées, avant qu'on puisse être en mesure de dégager et de
faire éclater aux yeux les résultats obtenus et les progrès accomplis. Ces résultats et ces progrès ont été particulièrement importants et féconds dans la seconde moitié du xixe siècle; il faut le
proclamer très haut ici, devant les délégués des Sociétés savantes,
qui en ont été les laborieux artisans et qui y ont très largement
contribué. Dans les domaines si variés et si divers de l'histoire et
de la philologie françaises, des voies nouvelles, dont plusieurs
étaient restées jusqu'alors presque insoupçonnées, ont été ouvertes
et seront longtemps encore, sans doute, loin de pouvoir être
entièrement parcourues. Aussi serait-il aujourd'hui téméraire
d'essayer de dresser devant vous un tableau d'ensemble, comme
on l'a déjà tenté à diverses reprises, des progrès de l'histoire et de
la philologie. Mon ambition est beaucoup plus modeste; je voudrais seulement passer aujourd'hui, avec vous, une revue rapide
de ce qui a été entrepris et accompli en France, au siècle dernier,
et particulièrement depuis une trentaine d'années, avec l'appui

constant du Gouvernement et du Ministère de l'Instruction publique, pour mettre à la disposition de tous, aussi bien à Paris que dans les départements, des matériaux nouveaux, des instruments et des moyens de recherches, à la fois plus précis et plus nombreux, qui ont singulièrement aidé au développement et provoqué les progrès continus des sciences historiques.

On ne peut parler des progrès de l'histoire et de la philologie, sans rappeler, bien qu'il semble inutile de le faire ici, tant ils sont connus de vous, les grands noms de Du Cange, de Mabillon et de Montfaucon ; sans citer les admirables et vastes recueils entrepris au xviiie siècle par les Bénédictins de la congrégation de Saint-Maur, continués au xixe siècle et en partie achevés seulement de nos jours par l'Académie des inscriptions et belles-lettres : la *Gallia christiana*, le *Recueil des historiens des Gaules et de la France*, le *Recueil des historiens des Croisades*, l'*Histoire littéraire de la France*, l'*Art de vérifier les dates* ; puis les histoires générales de plusieurs de nos anciennes provinces : Bourgogne, Bretagne, Languedoc, Lorraine, etc. ; œuvres à côté desquelles il faut réserver une place éminente aux grandes collections des *Diplômes* et des *Ordonnances des rois de France*, au *Glossaire de l'ancienne langue française*, à la *Bibliothèque historique de la France* ; sans mentionner, enfin, le Cabinet des chartes, créé dans la seconde moitié du xviiie siècle par le ministre Bertin, à l'instigation de l'historiographe Moreau, projet gigantesque, en partie réalisé, d'une collection générale des sources de notre histoire, empruntées aux archives et aux bibliothèques de l'ancienne France. Réuni en 1790 à la Bibliothèque nationale, le Cabinet des chartes y précédait, de quelques années seulement, les collections de Saint-Germain-des-Prés, de Saint-Victor, de la Sorbonne, etc., dont les trésors littéraires, accumulés depuis de longs siècles, venaient subitement plus que doubler, par leur nombre et leur importance, l'ancienne Bibliothèque royale, fondée dès le xive siècle par Charles V, et dont les accroissements s'étaient régulièrement continués depuis le règne de François Ier. Dans les provinces, les collections de livres imprimés et manuscrits, les archives des corporations et des anciens établissements religieux supprimés avaient été également centralisées, et l'Assemblée nationale, puis la Convention, au milieu des plus graves circonstances intérieures et extérieures, s'étaient préoccupées à maintes reprises d'assurer la conservation et de faciliter la consultation des richesses bibliographiques subitement accumulées ainsi à Paris et dans les départements.

Cependant de longues années devaient s'écouler encore avant qu'il fût possible d'apprécier à leur exacte valeur et de pouvoir facilement utiliser les merveilleuses ressources de nos bibliothèques et de nos archives, laissées à l'abandon, exposées à des déprédations nombreuses et dans lesquelles toute recherche, en l'absence de classement et de guide, était à peu près illusoire. Ce n'est qu'en 1833, sous le ministère de M. Guizot, le fondateur du Comité des travaux historiques, que fut décidée la rédaction, puis la publication d'un *Catalogue général des manuscrits des bibliothèques publiques des départements*, qui devait former, en même temps que les *Éléments de paléographie* de Natalis de Wailly, une annexe, en quelque sorte, à la grande *Collection de documents inédits sur l'histoire de France*. De 1849 à 1885, sept volumes ont paru de ce catalogue, dont la publication a reçu, depuis cette dernière année, sous la direction de M. Ulysse Robert, une impulsion nouvelle et féconde. Entrevu dès le début du xviiie siècle par l'historien de Paris, l'abbé Lebeuf; réalisé en partie, quelques années plus tard, en 1739, par Montfaucon, dans le second volume de sa *Bibliotheca bibliothecarum manuscriptorum nova*, le *Catalogue général des manuscrits des bibliothèques publiques de France*, auquel les Chambres n'ont jamais ménagé leur appui, et qui compte déjà près de soixante volumes, touche bientôt à son terme. Avec la publication du *Catalogue général des incunables*, prématurément interrompue par la perte de la regrettée Mlle Pellechet, mais dont la continuation est assurée, nous posséderons désormais, en même temps qu'un inventaire exact des richesses manuscrites et imprimées de nos bibliothèques publiques, d'incomparables et précieux instruments pour les recherches historiques de tout ordre. Pour compléter cependant cette œuvre, il serait désirable d'y voir joindre encore quelques volumes supplémentaires, qui nous feraient connaître les manuscrits et les incunables, non moins précieux que nombreux, conservés aujourd'hui dans différents dépôts : à Paris, ceux notamment des bibliothèques du Sénat et de la Chambre des députés; dans les départements, ceux des bibliothèques des évêchés, des grands séminaires et des Sociétés savantes. Enfin, que de richesses, en particulier pour l'histoire des trois derniers siècles, nous seraient encore révélées, — l'un des derniers et des plus éminents présidents de la Société de l'histoire de France l'a laissé récemment entrevoir, — si nous possédions, pour les archives conservées encore par plusieurs de nos anciennes familles françaises, des inventaires publiés sur le modèle de ceux qu'a fait paraître depuis une trentaine d'années, en Angleterre, la Commission des manuscrits historiques.

Nos archives départementales, constituées comme les bibliothèques à la fin du xviiie siècle, comme elles restées aussi pendant longtemps dans la plus déplorable confusion, exposées aux dilapidations de toutes sortes, inabordables et à peu près inutiles, sont sorties du chaos depuis la loi de 1838 et la circulaire ministérielle de 1841, inspirées toutes deux également par M. Guizot. De ce côté l'effort a été aussi grand que pour les bibliothèques, sinon plus grand encore, lorsqu'il a fallu débrouiller les fonds anciens, les classer et les inventorier. Mais les résultats obtenus depuis 1863, avec le concours et l'appui des Conseils généraux et des Préfets, parlent assez haut d'eux-mêmes, sans qu'il soit besoin d'insister plus longuement : 425 volumes d'inventaires imprimés des archives départementales, communales et hospitalières sont là pour montrer l'importance de nos dépôts et l'abondance des ressources qu'ils offrent aux études historiques, en même temps qu'ils viennent témoigner hautement de la somme énorme du travail déjà accompli par nos archivistes. Autant, sinon plus encore, que les bibliothèques, les archives voient leurs fonds s'accroître journellement et les dossiers les plus volumineux s'empiler à côté des registres à la taille imposante, qu'utiliseront les historiens futurs. Cependant, en beaucoup de villes, l'archiviste a su réserver encore, souvent dans des locaux déjà insuffisants, une place pour le dépôt d'anciennes archives notariales qui lui ont été confiées. Exposés jusque-là à des dangers multiples et qui n'ont été que trop souvent signalés et déplorés, ces registres, si précieux pour l'histoire des mœurs et des arts, ont enfin reçu un asile sûr et où ils sont désormais facilement accessibles ; l'initiative individuelle a pu réaliser ainsi, d'une façon, il est vrai, encore provisoire et partielle, et en attendant qu'une loi prochaine généralise et consacre ces dépôts, un vœu fréquemment émis dans les réunions des Sociétés savantes.

Si les bibliothèques et les archives départementales sont maintenant pourvues d'inventaires, qui révèlent toutes leurs richesses et en assurent la conservation, le temps n'est plus également où quelques catalogues et répertoires partiels, la plupart manuscrits, étaient parcimonieusement communiqués, à Paris, aux travailleurs qui fréquentaient la Bibliothèque ou les Archives nationales. Là encore la libéralité des pouvoirs publics est venue en aide au zèle que les fonctionnaires de tout ordre ont mis à doter le public d'instruments de recherches aussi nombreux que variés. Le magistral rapport publié l'an dernier par l'éminent directeur honoraire des Archives (M. G. Servois) n'énumère pas moins de 359 catalogues, inventaires et répertoires, imprimés ou manuscrits, destinés à guider les recherches des archivistes et du public au milieu des trésors de cet admirable dépôt.

Quant à la Bibliothèque nationale, c'est à son savant administrateur général, M. Léopold Delisle, retenu à regret aujourd'hui loin de vous, qu'il appartiendrait d'en parler ici. Hier nous fêtions encore, aux applaudissements unanimes de tous les amis des études historiques, en France aussi bien qu'à l'étranger, cinquante années, heureusement accomplies à la Bibliothèque nationale, d'un labeur aussi fécond que véritablement prodigieux, mis au service d'une science aussi sûre que profonde et d'une bienveillance à laquelle il n'a jamais en vain été fait appel. M. Delisle vous aurait dit, mieux que je ne le saurais faire, tout ce qu'il a été en mesure jusqu'aujourd'hui de réaliser pour enrichir les collections confiées à ses soins, pour en faire connaître les ressources multiples, pour maintenir et développer la réputation plusieurs fois séculaire de notre grand dépôt national.

Au département des Imprimés, l'achèvement du *Catalogue de l'Histoire de France*, l'impression de celui des *Factums antérieurs à 1790*, la création des *Bulletins mensuels* des accroissements des collections, la colossale entreprise du *Catalogue général des livres imprimés*, par noms d'auteurs, dont quatorze volumes sont déjà publiés, sans parler de nombreux répertoires autographiés ou manuscrits mis à la disposition des lecteurs; au département des Manuscrits, l'achèvement de l'impression du catalogue général des manuscrits français, des catalogues des manuscrits grecs, espagnols, portugais, et de différents fonds orientaux; au département des Médailles, la publication des beaux catalogues illustrés de plusieurs séries de ·monnaies grecques, musulmanes, gauloises, mérovingiennes et des jetons français, des bronzes antiques, des camées, des vases peints; au département des Estampes, les catalogues des portraits, des gravures de la Réserve, des dessins et portraits des collections de Clairambault et de Gaignières, etc.; tel est, très sommairement résumé, le bilan actuel de vingt-cinq années révolues d'une direction aussi libérale que féconde.

Il s'en faut cependant de beaucoup que nous considérions désormais notre tâche comme accomplie. En ce qui concerne au moins le département des Manuscrits, le seul à propos duquel vous me permettrez d'ajouter encore quelques mots, si l'impression de nos inventaires assure désormais la sécurité et fait suffisamment connaître la composition des collections dont nous avons la garde, il est du devoir des bibliothécaires de perfectionner et de compléter les instruments dont on dispose actuellement. Nous espérons, dans un avenir prochain, être en mesure de publier des catalogues raisonnés, des répertoires spéciaux et plus détaillés, qui font encore actuellement défaut et sont réclamés par les historiens et les philologues. Les milliers de chartes, dispersées dans différents fonds et dans un nombre infini de recueils, devront aussi faire l'objet d'un vaste répertoire chronologique; un inventaire des sceaux, qui accompagnent encore quantité de ces chartes, ne serait pas moins utile que ceux qui ont été publiés jadis par les soins des Archives nationales; les archéologues et les amis des arts attendent également une description des admirables et si nombreuses miniatures qui ornent nos manuscrits, témoins de la décadence et des progrès de l'art du dessin et de la peinture au Moyen âge et à l'époque de la Renaissance; enfin, pour satisfaire à des vœux déjà souvent exprimés, nous devrons faire paraître des catalogues ou répertoires raisonnés de nos manuscrits d'auteurs classiques anciens, de nos vieux romans de chevalerie, de nos antiques chroniques, de nos cartulaires, de nos correspondances diplomatiques et littéraires, etc.

Mais, ce n'est pas seulement dans nos bibliothèques et dans nos archives qu'il faut aller chercher et étudier les sources de nos annales et les monuments de notre langue. Vous savez de quelle ample moisson de documents importants pour notre histoire avait bénéficié le Cabinet des chartes de Moreau, à la suite de l'exploration des archives et de la bibliothèque du Vatican, faite par La

Porte du Theil dans les dernières années du xviiie siècle. Depuis vingt-cinq ans, les membres de l'École française de Rome ont repris, sur une plus large base et avec non moins de succès, l'œuvre de La Porte du Theil, et je n'ai pas à vous apprendre quelle mine incomparable sont les Registres des lettres des papes, dont on leur doit la publication. L'impression des *Rôles gascons*, qui se poursuit sous les auspices du Comité, montre qu'il en serait de même de recherches faites maintenant, en Angleterre, dans les collections du Record Office ou du British Museum, et les travaux des membres d'une future École française de Londres, qui continueraient, eux aussi, la mission confiée à Bréquigny dans la seconde moitié du xviiie siècle, ne seraient pas moins fructueux, en particulier pour l'histoire de nos provinces méridionales.

Si de nombreux monuments de notre histoire sont ainsi immobilisés dans des dépôts étrangers, nous avons pu déjà, du moins, obtenir une image fidèle de quelques-uns d'entre eux, grâce aux procédés nouveaux dérivés de la photographie. C'est ainsi que nous a été, en quelque sorte, rendu le premier Cartulaire de Philippe-Auguste, depuis longtemps égaré dans la bibliothèque du Vatican, et nous devons espérer recouvrer de même le registre des *Feoda Vasconiae*, exilé aussi dans la bibliothèque de Wolfenbüttel. Mais le département de la Gironde et la ville de Bordeaux, qui, tous ces jours, nous ont offert une si large et si gracieuse hospitalité, ont fait mieux encore. Le zèle éclairé et toujours en éveil d'amis et de gardiens de vos archives, la libéralité de vos représentants vous ont permis de rentrer en possession de précieux cartulaires et de milliers de chartes, transportés jadis en Angleterre, à Middlehill, puis à Cheltenham, et qui sont heureusement revenus prendre leur place dans les dépôts, d'où l'incurie les avait autrefois laissé sortir. Bordeaux et le département de la Gironde ont donné ainsi, les premiers, un exemple qui doit être dès maintenant suivi, si nous ne voulons pas voir de nombreux et importants témoins de notre histoire, de précieux monuments de l'art de nos peintres du Moyen âge passer de nouveau bientôt les mers et émigrer, à tout jamais, vers des contrées plus lointaines encore.

Si les manuscrits de la célèbre collection du collège de Clermont ont quitté Cheltenham, nombreux y sont encore les cartulaires français, les documents de tout genre intéressant notre histoire générale ou l'histoire particulière de la plupart des régions de la France. Nous devons tenir à honneur de voir bientôt reprendre leur place, qu'ils n'auraient jamais dû quitter, dans nos bibliothèques et dans nos archives, à toute une série de cartulaires d'Artois, de Bayeux, de Beauvais, de Coutances, de Faremoutiers, de Fécamp, de Fontevrault, de Laon, de Longpont, de Noyon, d'Ourscamps, de l'Université de Paris, de Préaux, de Reims, de Saumur, de Senlis, de Vendôme, etc.: à différentes séries de comptes royaux des xive, xve et xvie siècles, qui viennent combler plusieurs des lacunes de ces comptes aux Archives nationales; à la correspondance de Montcalm, pendant la guerre du Canada, et, pour la période de la Révolution, à un nombre considérable de mémoires, rapports, lettres, pièces officielles de tout genre émanées des Assemblées et de la Convention nationales, de la Commune de Paris, du Comité de salut public, etc.; à des documents de premier ordre; enfin, pour l'histoire militaire de la Révolution et du premier Empire.

Mais ce serait abuser que de retenir plus longtemps votre bienveillante attention; cette rapide énumération suffit, je l'espère, pour montrer ce qui a été fait et laisser entrevoir la longue carrière qui reste encore à parcourir. Dans le domaine de l'histoire et de la philologie, autant que dans le domaine des autres sciences, le champ d'études s'élargit à mesure qu'on le parcourt, et le but recule alors qu'on croyait devoir l'atteindre. Une nouvelle *Bibliothèque historique de la France*, une biographie nationale, un grand dictionnaire historique de notre langue, un recueil général des inscriptions de la

France, dont les Sociétés savantes ont déjà réuni en partie les matériaux et dont la préparation sera singulièrement facilitée par la *Bibliographie des Sociétés savantes*, telles sont quelques-unes des grandes œuvres historiques et philologiques qui auront été rendues possibles, grâce au labeur accompli pendant le dernier siècle dans les bibliothèques et les archives, dont on peut légitimement entrevoir l'achèvement dans le cours du xxᵉ siècle et qui contribueront à maintenir le renom mérité de l'érudition française.

IMPRIMERIE NATIONALE. — 5-97-03.

CONGRÈS DES SOCIÉTÉS SAVANTES

À BORDEAUX

DISCOURS

PRONONCÉS

À LA SÉANCE GÉNÉRALE DU CONGRÈS

LE SAMEDI 18 AVRIL 1903

PAR

M. HENRY OMONT

DE L'INSTITUT

MEMBRE DU COMITÉ DES TRAVAUX HISTORIQUES ET SCIENTIFIQUES

CONSERVATEUR À LA BIBLIOTHÈQUE NATIONALE

M. CAMILLE JULLIAN

PROFESSEUR À L'UNIVERSITÉ DE BORDEAUX

M. GASTON BIZOS

RECTEUR DE L'ACADÉMIE DE BORDEAUX

PARIS

IMPRIMERIE NATIONALE

MDCCCCIII

CONGRÈS DES SOCIÉTÉS SAVANTES

À BORDEAUX

DISCOURS

PRONONCÉS

À LA SÉANCE GÉNÉRALE DU CONGRÈS

LE SAMEDI 18 AVRIL 1903

CONGRÈS DES SOCIÉTÉS SAVANTES
À BORDEAUX

DISCOURS

PRONONCÉS

À LA SÉANCE GÉNÉRALE DU CONGRÈS

LE SAMEDI 18 AVRIL 1903

PAR

M. HENRY OMONT
DE L'INSTITUT
MEMBRE DU COMITÉ DES TRAVAUX HISTORIQUES ET SCIENTIFIQUES
CONSERVATEUR À LA BIBLIOTHÈQUE NATIONALE

M. CAMILLE JULLIAN
PROFESSEUR À L'UNIVERSITÉ DE BORDEAUX

M. GASTON BIZOS
RECTEUR DE L'ACADÉMIE DE BORDEAUX

PARIS
IMPRIMERIE NATIONALE

MDCCCCIII

DISCOURS

PRONONCÉS À LA SÉANCE GÉNÉRALE

DU SAMEDI 18 AVRIL 1903.

En ouvrant la séance, M. Bizos, recteur de l'Académie de Bordeaux, lit la dépêche suivante qu'il a reçue du Ministre de l'Instruction publique :

« Vous désigne pour me représenter samedi à la séance de clôture du Congrès des Sociétés savantes de Bordeaux et vous remercie par avance du concours que vous voudrez bien me prêter en cette circonstance. »

M. Bizos donne ensuite la parole à M. Henry Omont, de l'Institut, membre du Comité des travaux historiques et scientifiques, qui lit le discours suivant :

MONSIEUR LE MINISTRE,

MESSIEURS,

Les progrès des sciences historiques ne peuvent être immédiatement constatés, comme ceux des sciences mathématiques ou naturelles, et ils ne se manifestent pas, avec une aussi rapide certitude et une aussi évidente clarté, à chaque pas fait en avant, à chaque sillon nouveau creusé dans leur vaste domaine. Il faut de patientes enquêtes, de longues énumérations, des comparaisons nombreuses et variées, avant qu'on puisse être en mesure de dégager et de faire éclater aux yeux les résultats obtenus et les progrès accomplis. Ces résultats et ces progrès ont été particulièrement importants et féconds dans la seconde moitié du XIXe siècle; il faut le proclamer très haut ici, devant les délégués des Sociétés savantes, qui en ont été les laborieux artisans et qui y ont très largement contribué. Dans les domaines si variés et si divers de l'histoire et de la philologie françaises, des voies nouvelles, dont plusieurs étaient restées jusqu'alors presqu'insoupçonnées, ont été ouvertes et seront longtemps encore, sans doute, loin de pouvoir être entièrement parcourues. Aussi serait-il aujourd'hui téméraire d'essayer de dresser devant vous un tableau d'ensemble, comme on l'a déjà tenté à diverses reprises, des progrès de l'histoire et de la philologie. Mon ambition est beaucoup plus modeste; je voudrais seulement passer aujourd'hui, avec vous, une revue rapide de ce qui a été entrepris et accompli en France, au siècle dernier, et particulièrement depuis une trentaine d'années, avec l'appui constant du Gouvernement et du Ministère de l'Instruction publique, pour mettre à la disposition de tous, aussi bien à Paris que dans les départements, des matériaux nouveaux, des instruments et des moyens de recherches, à la fois plus précis et plus nombreux, qui ont singulièrement aidé au développement et provoqué les progrès continus des sciences historiques.

On ne peut parler des progrès de l'histoire et de la philologie, sans rappeler, bien qu'il semble inutile de le faire ici, tant ils sont connus de vous, les grands noms de Du Cange, de Mabillon et de Montfaucon; sans citer les admirables et vastes recueils entrepris au xviiie siècle par les Bénédictins de la congrégation de Saint-Maur, continués au xixe siècle et en partie achevés seulement de nos jours par l'Académie des inscriptions et belles-lettres : la *Gallia christiana*, le *Recueil des historiens des Gaules et de la France*, le *Recueil des historiens des Croisades*, l'*Histoire littéraire de la France*, l'*Art de vérifier les dates*; puis les histoires générales de plusieurs de nos anciennes provinces : Bourgogne, Bretagne, Languedoc, Lorraine, etc.; œuvres à côté desquelles il faut réserver une place éminente aux grandes collections des *Diplômes* et des *Ordonnances des rois de France*, au *Glossaire de l'ancienne langue française*, à la *Bibliothèque historique de la France*; sans mentionner, enfin, le Cabinet des chartes, créé dans la seconde moitié du xviiie siècle par le ministre Bertin, à l'instigation de l'historiographe Moreau, projet gigantesque, en partie réalisé, d'une collection générale des sources de notre histoire, empruntées aux archives et aux bibliothèques de l'ancienne France. Réuni en 1790 à la Bibliothèque nationale, le Cabinet des chartes y précédait, de quelques années seulement, les collections de Saint-Germain-des-Prés, de Saint-Victor, de la Sorbonne, etc., dont les trésors littéraires, accumulés depuis de longs siècles, venaient subitement plus que doubler, par leur nombre et leur importance, l'ancienne Bibliothèque royale, fondée dès le xive siècle par Charles V, et dont les accroissements s'étaient régulièrement continués depuis le règne de François Ier. Dans les provinces, les collections de livres imprimés et manuscrits, les archives des corporations et des anciens établissements religieux supprimés avaient été également centralisées, et l'Assemblée nationale, puis la Convention, au milieu des plus graves circonstances intérieures et extérieures, s'étaient préoccupées à maintes reprises d'assurer la conservation et de faciliter la consultation des richesses bibliographiques subitement accumulées ainsi à Paris et dans les départements.

Cependant de longues années devaient s'écouler encore avant qu'il fût possible d'apprécier à leur exacte valeur et de pouvoir facilement utiliser les merveilleuses ressources de nos bibliothèques et de nos archives, laissées à l'abandon, exposées à des déprédations nombreuses et dans lesquelles toute recherche, en l'absence de classement et de guide, était à peu près illusoire. Ce n'est qu'en 1833, sous le ministère de M. Guizot, le fondateur du Comité des travaux historiques, que fut décidée la rédaction, puis la publication d'un *Catalogue général des manuscrits des bibliothèques publiques des départements*, qui devait former, en même temps que les *Éléments de paléographie* de Natalis de Wailly, une annexe, en quelque sorte, à la grande *Collection de documents inédits sur l'histoire de France*. De 1849 à 1885, sept volumes ont paru de ce catalogue, dont la publication a reçu, depuis cette dernière année, sous la direction de M. Ulysse Robert, une impulsion nouvelle et féconde. Entrevu dès le début du xviiie siècle par l'historien de Paris, l'abbé Lebeuf; réalisé en partie, quelques années plus tard, en 1739, par Montfaucon, dans le second volume de sa *Bibliotheca bibliothecarum manuscriptorum nova*, le *Catalogue général des manuscrits des bibliothèques publiques de France*, auquel les Chambres n'ont jamais ménagé leur appui, et qui compte déjà près de soixante volumes, touche bientôt à son terme. Avec la publication du *Catalogue général des incunables*, prématurément interrompue par la perte de la regrettée Mlle Pellechet, mais dont la continuation est assurée, nous posséderons désormais, en même temps qu'un inventaire exact des richesses manuscrites et imprimées de nos bibliothèques publiques, d'incomparables et précieux instruments pour les recherches historiques de tout ordre. Pour compléter cependant cette œuvre, il serait désirable d'y voir joindre encore quelques volumes supplémentaires, qui nous feraient connaître les manuscrits et les incunables, non moins précieux que nombreux, conservés aujourd'hui dans différents dépôts : à Paris, ceux notamment des bibliothèques du Sénat et de la Chambre des députés; dans les départements, ceux des bibliothèques des évêchés, des grands séminaires et des Sociétés savantes. Enfin, que de richesses, en particulier pour l'histoire des trois derniers siècles, nous seraient encore révélées, — l'un des derniers et des plus éminents présidents de la Société de l'histoire de France l'a laissé récemment entrevoir, — si nous possédions, pour les archives conservées encore par plusieurs de nos anciennes familles françaises, des inventaires publiés sur le modèle de ceux qu'a fait paraître depuis une trentaine d'années, en Angleterre, la Commission des manuscrits historiques.

Nos archives départementales, constituées comme les bibliothèques à la fin du xviiie siècle, comme elles restées aussi pendant

longtemps dans la plus déplorable confusion, exposées aux dilapidations de toutes sortes, inabordables et à peu près inutiles, sont
sorties du chaos depuis la loi de 1838 et la circulaire ministérielle
de 1841, inspirées toutes deux également par M. Guizot. De ce
côté l'effort a été aussi grand que pour les bibliothèques, sinon
plus grand encore, lorsqu'il a fallu débrouiller les fonds anciens,
les classer et les inventorier. Mais les résultats obtenus depuis
1863, avec le concours et l'appui des Conseils généraux et des Préfets, parlent assez haut d'eux-mêmes, sans qu'il soit besoin d'insister
plus longuement : 425 volumes d'inventaires imprimés des archives
départementales, communales et hospitalières sont là pour montrer l'importance de nos dépôts et l'abondance des ressources qu'ils
offrent aux études historiques, en même temps qu'ils viennent
témoigner hautement de la somme énorme du travail déjà accompli par nos archivistes. Autant, sinon plus encore, que les bibliothèques, les archives voient leurs fonds s'accroître journellement
et les dossiers les plus volumineux s'empiler à côté des registres
à la taille imposante, qu'utiliseront les historiens futurs. Cependant, en beaucoup de villes, l'archiviste a su réserver encore, souvent dans des locaux déjà insuffisants, une place pour le dépôt
d'anciennes archives notariales qui lui ont été confiées. Exposés
jusque-là à des dangers multiples et qui n'ont été que trop
souvent signalés et déplorés, ces registres, si précieux pour l'histoire des mœurs et des arts, ont enfin reçu un asile sûr et où ils
sont désormais facilement accessibles; l'initiative individuelle a pu
réaliser ainsi, d'une façon, il est vrai, encore provisoire et partielle,
et en attendant qu'une loi prochaine généralise et consacre ces dépôts, un vœu fréquemment émis dans les réunions des Sociétés
savantes.

Si les bibliothèques et les archives départementales sont maintenant pourvues d'inventaires, qui révèlent toutes leurs richesses
et en assurent la conservation, le temps n'est plus également où

quelques catalogues et répertoires partiels, la plupart manuscrits, étaient parcimonieusement communiqués, à Paris, aux travailleurs qui fréquentaient la Bibliothèque ou les Archives nationales. Là encore la libéralité des pouvoirs publics est venue en aide au zèle que les fonctionnaires de tout ordre ont mis à doter le public d'instruments de recherches aussi nombreux que variés. Le magistral rapport publié l'an dernier par l'éminent directeur honoraire des Archives, M. G. Servois, n'énumère pas moins de 359 catalogues, inventaires et répertoires, imprimés ou manuscrits, destinés à guider les recherches des archivistes et du public au milieu des trésors de cet admirable dépôt.

Quant à la Bibliothèque nationale, c'est à son savant administrateur général, M. Léopold Delisle, retenu à regret aujourd'hui loin de vous, qu'il appartiendrait d'en parler ici. Hier nous fêtions encore, aux applaudissements unanimes de tous les amis des études historiques, en France aussi bien qu'à l'étranger, cinquante années, heureusement accomplies à la Bibliothèque nationale, d'un labeur aussi fécond que véritablement prodigieux, mis au service d'une science aussi sûre que profonde et d'une bienveillance à laquelle il n'a jamais en vain été fait appel. M. Delisle vous aurait dit, mieux que je ne le saurais faire, tout ce qu'il a été en mesure jusqu'aujourd'hui de réaliser pour enrichir les collections confiées à ses soins, pour en faire connaître les ressources multiples, pour maintenir et développer la réputation plusieurs fois séculaire de notre grand dépôt national.

Au département des Imprimés, l'achèvement du *Catalogue de l'Histoire de France*, l'impression de celui des *Factums antérieurs à 1790*, la création des *Bulletins mensuels* des accroissements des collections, la colossale entreprise du *Catalogue général des livres imprimés*, par noms d'auteurs, dont quatorze volumes sont déjà publiés, sans parler de nombreux répertoires autographiés ou manuscrits mis à la disposition des lecteurs: au département des

Manuscrits, l'achèvement de l'impression du catalogue général des manuscrits français, des catalogues des manuscrits grecs, espagnols, portugais, et de différents fonds orientaux; au département des Médailles, la publication des beaux catalogues illustrés de plusieurs séries de monnaies grecques, musulmanes, gauloises, mérovingiennes et des jetons français, des bronzes antiques, des camées, des vases peints: au département des Estampes, les catalogues des portraits, des gravures de la Réserve, des dessins et portraits des collections de Clairambault et de Gaignières, etc.: tel est, très sommairement résumé, le bilan actuel de vingt-cinq années révolues d'une direction aussi libérale que féconde.

Il s'en faut cependant de beaucoup que nous considérions désormais notre tâche comme accomplie. En ce qui concerne au moins le département des Manuscrits, le seul à propos duquel vous me permettrez d'ajouter encore quelques mots, si l'impression de nos inventaires assure désormais la sécurité et fait suffisamment connaître la composition des collections dont nous avons la garde, il est du devoir des bibliothécaires de perfectionner et de compléter les instruments dont on dispose actuellement. Nous espérons, dans un avenir prochain, être en mesure de publier des catalogues raisonnés, des répertoires spéciaux et plus détaillés, qui font encore actuellement défaut et sont réclamés par les historiens et les philologues. Les milliers de chartes, dispersées dans différents fonds et dans un nombre infini de recueils, devront aussi faire l'objet d'un vaste répertoire chronologique; un inventaire des sceaux, qui accompagnent encore quantité de ces chartes, ne serait pas moins utile que ceux qui ont été publiés jadis par les soins des Archives nationales: les archéologues et les amis des arts attendent également une description des admirables et si nombreuses miniatures qui ornent nos manuscrits, témoins de la décadence et des progrès de l'art du dessin et de la peinture au Moyen âge et à l'époque de la Renaissance: enfin, pour satisfaire à des vœux déjà souvent exprimés, nous devrons faire paraître des catalogues ou répertoires raisonnés de nos manuscrits d'auteurs classiques anciens, de nos vieux romans de chevalerie, de nos antiques chroniques, de nos cartulaires, de nos correspondances diplomatiques et littéraires, etc.

Mais, ce n'est pas seulement dans nos bibliothèques et dans nos archives qu'il faut aller chercher et étudier les sources de nos annales et les monuments de notre langue. Vous savez de quelle ample moisson de documents importants pour notre histoire avait bénéficié le Cabinet des chartes de Moreau, à la suite de l'exploration des archives et de la bibliothèque du Vatican, faite par La Porte du Theil dans les dernières années du xviii° siècle. Depuis vingt-cinq ans, les membres de l'École française de Rome ont repris, sur une plus large base et avec non moins de succès, l'œuvre de La Porte du Theil, et je n'ai pas à vous apprendre quelle mine incomparable sont les Registres des lettres des papes, dont on leur doit la publication. L'impression des *Rôles gascons*, qui se poursuit sous les auspices du Comité, montre qu'il en serait de même de recherches faites maintenant, en Angleterre, dans les collections du Record Office ou du British Museum, et les travaux des membres d'une future École française de Londres, qui continueraient, eux aussi, la mission confiée à Bréquigny dans la seconde moitié du xviii° siècle, ne seraient pas moins fructueux, en particulier pour l'histoire de nos provinces méridionales.

Si de nombreux monuments de notre histoire sont ainsi immobilisés dans des dépôts étrangers, nous avons pu déjà, du moins, obtenir une image fidèle de quelques uns d'entre eux, grâce aux procédés nouveaux dérivés de la photographie. C'est ainsi que nous a été, en quelque sorte, rendu le premier Cartulaire de Philippe-Auguste, depuis longtemps égaré dans la bibliothèque du Vatican, et nous devons espérer recouvrer de même le registre des *Feoda Vasconiae*, exilé aussi dans la bibliothèque de Wolfenbüttel. Mais le département de la Gironde et la ville de Bordeaux, qui, tous ces jours, nous ont offert une si large et si gracieuse hospitalité, ont fait mieux encore. Le zèle éclairé et toujours en éveil d'amis et de gardiens de vos archives, la libéralité de vos représentants vous ont permis de rentrer en possession de précieux cartulaires et de milliers de chartes, transportés jadis en Angleterre, à Middlehill, puis à Cheltenham, et qui sont heureusement revenus prendre leur place dans les dépôts, d'où l'incurie les avait autrefois laissé sortir. Bordeaux et le département de la Gironde ont donné ainsi, les premiers, un exemple qui doit être dès maintenant suivi, si nous ne voulons pas voir de nombreux et importants témoins de notre histoire, de précieux monuments de l'art de nos peintres du Moyen âge passer de nouveau bientôt les mers et émigrer, à tout jamais, vers des contrées plus lointaines encore.

Si les manuscrits de la célèbre collection du collège de Clermont ont quitté Cheltenham, nombreux y sont encore les cartulaires français, les documents de tout genre intéressant notre histoire générale ou l'histoire particulière de la plupart des régions de la France. Nous devons tenir à honneur de voir bientôt reprendre leur place, qu'ils n'auraient jamais dû quitter, dans nos bibliothèques et dans nos archives, à toute une série de cartulaires d'Artois, de Bayeux, de Beauvais, de Coutances, de Faremoutiers, de Fécamp, de Fontevrault, de Laon, de Longpont, de Noyon, d'Ourscamps, de l'Université de Paris, de Préaux, de Reims, de Saumur, de Senlis, de Vendôme, etc.; à différentes séries de comptes royaux des xive, xve et xvie siècles, qui viennent combler plusieurs des lacunes de ces comptes aux Archives nationales; à la correspondance de Montcalm, pendant la guerre du Canada, et, pour la période de la Révolution, à un nombre considérable de mémoires, rapports, lettres, pièces officielles de tout genre émanées des Assemblées et de la Convention nationales, de la Commune de Paris, du Comité de salut public, etc.; à des documents de premier ordre;

enfin, pour l'histoire militaire de la Révolution et du premier Empire.

Mais ce serait abuser que de retenir plus longtemps votre bienveillante attention; cette rapide énumération suffit, je l'espère, pour montrer ce qui a été fait et laisser entrevoir la longue carrière qui reste encore à parcourir. Dans le domaine de l'histoire et de la philologie, autant que dans le domaine des autres sciences, le champ d'études s'élargit à mesure qu'on le parcourt, et le but recule alors qu'on croyait devoir l'atteindre. Une nouvelle *Bibliothèque historique de la France*, une biographie nationale, un grand dictionnaire historique de notre langue, un recueil général des inscriptions de la France, dont les Sociétés savantes ont déjà réuni en partie les matériaux et dont la préparation sera singulièrement facilitée par la *Bibliographie des Sociétés savantes*, telles sont quelques-unes des grandes œuvres historiques et philologiques qui auront été rendues possibles grâce au labeur accompli pendant le dernier siècle dans les bibliothèques et les archives, dont on peut légitimement entrevoir l'achèvement dans le cours du xxᵉ siècle et qui contribueront à maintenir le renom mérité de l'érudition française.

M. le Recteur de l'Académie de Bordeaux donne ensuite la parole à M. Camille Jullian, professeur à la Faculté des lettres de l'Université de Bordeaux, qui prononce le discours suivant sur *Les recherches locales et l'histoire de France*.

MONSIEUR LE PRÉSIDENT,
MESDAMES, MESSIEURS,

Voici ce que Voltaire racontait, à la date de 1759 [1] : — Lorsque Candide revint de l'Eldorado avec un mouton rouge, il débarqua à Bordeaux. Il fit présent de sa bête à l'Académie de cette ville, et celle-ci « proposa pour le sujet du prix de cette année de trouver

[1] *Candide,* XXII.

pourquoi la laine de ce mouton était rouge ; et le prix fut adjugé à un savant du Nord, qui démontra par A, plus B, moins C, divisé par Z, que le mouton devait être rouge, et mourir de la clavelée [1] ».

Voltaire fut, ce jour-là (et bien d'autres), une très méchante langue. Il n'aimait pas les Académies de province. Celle de Bordeaux lui était plus antipathique que les autres : elle avait produit Montesquieu, en qui il avait rencontré un rival de gloire et d'esprit [2].

Montesquieu, du reste, était fort attaché à sa Compagnie et à sa ville : c'est pour elles qu'il écrivit avec le plus de joie. Voltaire est, au contraire, parisien dans l'âme : il l'est par sa naissance, par sa mort, par les secrètes ambitions de toute sa vie, et par sa manière d'entendre l'histoire.

Car il ne put comprendre et ne sut raconter que l'histoire qui se passait à Paris ou à la Cour. Qu'on lise dans son *Siècle de Louis XIV* les chapitres sur la Fronde : il n'a qu'un mot très rapide, très général, très inexact, sur l'Ormée bordelaise [3], qui fut l'expression la plus nette et la plus courageuse, dans la France monarchique, des libertés provinciales et du patriotisme municipal. La vie française, pour Voltaire, c'est celle qui reçoit directement l'influence du Roi, des Académies de Paris [4], et des Comé-

---

[1] Sur les concours de l'Académie de Bordeaux, dont se moque ici Voltaire, voyez les listes dressées dans la *Table historique*, publiée en 1879 (1877). La Bibliothèque de la Ville possède les dissertations reçues ou couronnées par l'Académie. Aucun des sujets mis au concours ne justifie les railleries de Voltaire. Je me suis demandé s'il n'a pas voulu ridiculiser celui de 1752, sur *la noirceur des blés*, concours auquel l'Académie donna une très grande publicité et pour laquelle elle

reçut des mémoires « du Nord » : mais le sujet était loin d'être ridicule.

[2] Voltaire a souvent parlé de Montesquieu : le jugement le plus complet et le plus malveillant qu'il ait porté sur lui est dans le XXIV° des *Dialogues et Entretiens philosophiques*.

[3] Fin du chapitre V : « Il restait encore des factions dans Bordeaux, mais elles furent vite apaisées. » Rien de plus.

[4] Voyez ce qu'il dit chap. XXXI, et la manière dont il parle, à la fin de ce cha-

diens du Palais-Royal. Faire des recherches locales, c'est disserter, comme les compatriotes de Montesquieu, sur le mouton de l'Eldo-rado ou sur les coquilles de Saint-Jacques. Un Congrès de Sociétés savantes, surtout tenu à Bordeaux, lui aurait paru beaucoup moins intéressant que Louis XIV jouant au trictrac[1]. Son héros Candide a donné le mouton rouge à notre Académie : mais il s'est bien gardé d'assister à la discussion.

Notre Congrès, Messieurs, est la revanche de Bordeaux sur Voltaire : revanche qui est aussi celle de Montesquieu, des sociétés de provinces et des recherches locales.

Car l'histoire locale n'est pas du commérage rétrospectif. Vous tous, Messieurs, chercheurs passionnés des choses d'autrefois, vous n'étudiez pas vos provinces ou vos villes par un vain besoin de bavardage érudit. Il n'y a pas, parmi vous, d'archivistes sem-blables à celui de l'*Orme du Mail*[2], qui ne furetait les Minutes des Notaires que pour y recueillir les « picoteries » et les chicanes des ancêtres de ses contemporains. Ce que vous aimez surtout dans les annales de vos cités, même des plus petites, c'est de voir com-ment l'histoire de France s'est comportée sur leur sol et dans leurs murs. C'est cette histoire de France qui est votre passion souve-raine; et vous la faites, Messieurs, de la bonne manière : — non pas, comme Voltaire, sous forme d'idées très vagues et de récits très généraux; — mais, comme l'Académie de Montesquieu, de façon très précise et très concrète, en étudiant la terre où les événements se sont produits et les hommes qui les ont dirigés. Vous reconstituez les scènes des âges disparus dans les rues et les places mêmes qui les ont encadrées. L'histoire locale est peut-être la seule qui soit une résurrection.

pitre, des « grandes villes » : grandes villes dont il a toujours ignoré « l'esprit », car il croit que « l'esprit raisonnable » n'a com-mencé à y paraître que sous Louis XV.

[1] *Siècle de Louis XIV*, chap. xxviii.
[2] Anatole France, *L'Orme du Mail*, 1898. p. 242.

Prenons les principaux chapitres des destinées de Bordeaux au temps de la Monarchie : et nous verrons qu'ils ne sont pas de simples curiosités de l'endroit, mais les épisodes vécus du passé de toute la France.

Ce fut en septembre 1453 que Charles VII décida de contraindre Bordeaux à « se tourner français ». Il y avait trente ans qu'il avait commencé à refaire son royaume. Toutes les grandes villes étaient redevenues siennes, sauf la nôtre. C'était, après la capitale, la plus riche, et c'était la plus fière. Non pas que Bordeaux fût attaché à l'Angleterre : mais il tenait à sa liberté. Il avait derrière lui deux siècles et demi de franchises communales. Il possédait sa Grosse Cloche, une Maison de Ville respectée, la couronne de comte dans ses armes et la triple couronne de ses enceintes autour de ses maisons bourgeoises. Ce qu'il défendait contre la France, c'étaient son nom, ses titres, et sa puissance seigneuriale.

Charles VII, ses conseillers et ses canons arrivèrent sur la rive droite. Le roi se fixa à Montferrant; des conseillers s'installèrent à Lormont; Jean Bureau disposa les canons dans le bas, face à la ville.

Une délégation de cent citoyens vint d'abord trouver Charles VII. Elle essaya de négocier. Le roi fut intraitable. Sur ces entrefaites, Jean Bureau se présenta, et lui dit :

« Sire, je viens d'autour de la ville; j'ai regardé et bien visité à mon pouvoir les places les plus convenables à asseoir votre artillerie. Et, si tel est votre bon plaisir, je vous promets, sur ma vie, que je vous rendrai la ville toute détruite et exilée par vos engins volants, en telle manière que ceux qui sont dedans ne sauront où se tenir. »

A quoi Charles VII répondit de faire « bonne diligence »[1]. —

---

[1] La scène est racontée tout au long par Mathieu d'Escouchy, édit. de Beaucourt, t. II, ch. XCVIII, p. 70-71.

Si ce colloque s'est tenu à Lormont[1], les assistants pouvaient, de là, voir Bordeaux.

La ville avait une apparence fort redoutable. Elle s'étendait en amphithéâtre sur l'autre rive. Son rempart était continu, sur les trois mille toises de son pourtour; une soixantaine de tours le flanquaient[2]. À l'intérieur, d'autres murs coupaient les principales rues, d'autres tours de guerre s'élevaient de toutes parts. Bordeaux, comme Carthage, avait plusieurs enceintes et un réduit intérieur.

Mais les plus récentes de ces murailles dataient de 1302. Elles étaient en petits blocs et en moellons, faciles à disjoindre[3]. Ses constructeurs avaient ignoré « les jets de bombardes et canons »[4]. Ils les avaient faites contre des assauts d'hommes à pied de mur, et non contre les lointaines décharges d'engins volants.

C'étaient ces engins qui avaient assuré à Charles VII ses dernières victoires. À Castillon, son artillerie disloqua, décima, épouvanta la chevalerie d'Angleterre et de Gascogne[5]. Devant Cadillac, il avait suffi d'une volée de boulets pour rompre la muraille, et « faire choir les pierres en si grande abondance, qu'une bonne partie du fossé en fût remplie »[6]. Depuis quinze ans, toutes les citadelles anglaises et seigneuriales s'ouvraient devant les bouches à feu des frères Bureau[7]. Bordeaux se rendit (9 octobre).

---

[1] Les négociations ont eu lieu tantôt à Montferrant, tantôt à Lormont, suivant qu'on traitait avec le roi ou avec les conseillers; cf. là-dessus DE BEAUCOURT, *Histoire de Charles VII*, t. V, 1890, p. 281 et suiv.

[2] Voyez l'admirable livre de DROUYN, *Bordeaux vers 1450*, 1874, p. 3 et suiv., p. 31 et suiv. Le nombre des tours a été sans doute supérieur à ce chiffre : je ne pense qu'à celles dont on connaît l'emplacement.

[3] Qu'on songe aux vestiges qu'on peut voir ou qu'on a pu voir du côté de la Faculté de Médecine, du Grand Séminaire et de l'École des Beaux-Arts.

[4] Mot de d'Escouchy, t. II, p. 65.

[5] D'Escouchy, ch. XCII, p. 40.

[6] D'Escouchy, ch. XCVII, p. 65.

[7] Voyez à ce sujet l'histoire, très significative, de la forteresse anglaise de Fresnay-le-Vicomte, entre le Maine et la Normandie, telle qu'elle a été racontée par TRIGER, *Revue historique et archéologique du Maine*, t. XIX, 1886, surtout p. 196 et suiv.

La peur du canon mit fin à sa liberté[1]. L'artillerie aux mains de la royauté, était un irrésistible instrument de domination souveraine. L'union de ces deux forces imposait l'unité matérielle à la France. La victoire de Charles VII fut le triomphe des armes scientifiques de l'attaque sur les moyens féodaux de la défense. Ce qui était vaincu à Bordeaux, c'était le monde d'autrefois, avec ses petites patries et ses murailles surannées.

Mais Bordeaux n'était rattaché que par la crainte au pays dont les Valois étaient rois et Paris capitale. Pour voir comment se fit l'union morale, suivons les destinées d'une des dynasties bourgeoises qui gouvernaient la cité, celle des Eyquem, marchands en la paroisse de Saint-Michel[2].

En 1453, « le chef de la maison », Ramon Eyquem, a 51 ans, habite rue de La Rousselle, est négociant en vins, en pastel et en poisson salé. Sans doute il ne parle que le gascon, et il regrette les Anglais, qui étaient d'excellents clients. — Un demi-siècle plus tard, sa maison de commerce appartient à son fils Grimon, qui vit comme lui, indifférent à tout ce qui n'est pas Bordeaux et les affaires. — La troisième génération est représentée, en 1515, par Pierre Eyquem, qui arrivait à l'âge d'homme. C'étaient les temps de Marignan et de Pavie. Pierre quitta sa ville et les morues familiales, franchit les Alpes, se battit au nom de François Ier, et admira les splendeurs de la Renaissance. Il coudoie à l'armée et dans les lieux de plaisir des Dauphinois, des Bretons, des Bourguignons, des Angevins. S'il découvre l'Italie, il découvre aussi la France.

[1] Cf. d'Escouchy, t. II, p. 71-72. En dernier lieu, sur cette question, Petit-Dutaillis, *Histoire de France* de Lavisse, t. II, 1902, p. 100.

[2] Voir Malvezin, *Michel de Montaigne, son origine et sa famille*, 1875, et le résumé de ce livre récemment donné par Bonnefon, *Montaigne et ses amis*, t. I, 1898, p. 2 et suivantes.

De retour rue de La Rousselle, il vit dans le souvenir des combats livrés sur le mot d'ordre du roi; il acquiert une charge dans la magistrature royale; il s'entoure de gens de savoir, «personnes saintes» entre toutes, et qui ne parlent pas le gascon. L'humanisme, le champ de bataille, le goût des fonctions publiques, ont fait de Pierre Eyquem un modèle de bon Français.

Du reste, il aime profondément Bordeaux, dont il devient maire. — Mais après lui, se présente la quatrième génération d'Eyquem qui ait obéi au roi de France; c'est celle de son fils Michel, seigneur de Montaigne. Et Montaigne écrit dans ses *Essais*, en 1588[1] : «Paris a mon cœur dès mon enfance....» Je n'achève pas le passage : vous le connaissez tous.

Mais l'unité de la France fut compromise par les maladresses de la royauté. Elle ne trouva pas tout de suite la manière dont il fallait exercer le pouvoir. Bordeaux vit arriver des Gouverneurs très brutaux, des juges très arrogants, des Archevêques très fastueux : le roi leur avait délégué toute sa force et conféré beaucoup d'honneurs. Et, comme ces trois grandes Puissances — religieuse, judiciaire, politique — parlaient toutes également au nom du souverain, il naissait entre elles de formidables querelles. Le Glaive de la Justice, pour parler le langage du temps, se heurtait à celui du Commandement, et la Croix archiépiscopale, pour être moins tranchante, assénait parfois les plus rudes coups.

Vous rappelez-vous, dans *les Trois Mousquetaires* de Dumas, l'assourdissante clameur de disputes qui montait de la cour de l'Hôtel Tréville, à Paris? Écoutez les rumeurs qui viennent de Bordeaux au temps de Louis XIII : les Trois Puissances y hurlent en mousquetaires.

Voici le Gouverneur, duc d'Épernon, une sorte de Grand Turc

[1] Le passage, III, 9, n'apparaît que dans cette édition.

ou de Grand Mogol : c'est Balzac qui l'appelle ainsi. Il en veut à mort au Premier Président, Marc-Antoine de Gourgue, petit homme sec, têtu et intraitable ; et, ne pouvant l'atteindre, il frappe les huissiers de la Cour : ses gardes à casaques les pourchassent et les traquent dans les rues, comme les braconniers font de simples lapins [1]. — Les hommes du Parlement prennent leur revanche sur les gens d'Église : on les vit un jour instrumenter dans la Cathédrale ; l'Archevêque avait fait enlever deux autels : ces Messieurs de la Cour les firent rétablir *manu militari*, en présence des chanoines, des jurats, du guet et de la foule, et au milieu d'un tumulte inénarrable [2]. — Quant au prélat, qu'il se nomme François ou Henri de Sourdis, c'est le plus remuant de tous : on l'aperçoit souvent à cheval, précédé de son porte-croix, mais suivi de ses gentilshommes. — Et, quand ces chefs se croisent dans des rues trop étroites, ce sont de belles batailles. Un jour [3], près de Saint-André, on entendit un bruit effroyable. Le peuple courait, des hommes d'armes se heurtaient, des poings se dressaient, un chapeau d'archevêque s'enlevait en l'air. C'étaient Sourdis et d'Épernon qui s'étaient rencontrés [4].

Les bourgeois et les artisans faisaient chorus : mais ils ne travaillaient pas tous les jours. Les rues offraient un spectacle fort pittoresque : mais elles étaient mal entretenues. Les Puissances que le roi envoyait étaient incomparables pour donner des ordres : elles ignoraient l'art d'administrer. Un simple homme d'affaires valait mieux que tous ces tapageurs. — Richelieu mit le holà et expédia des Intendants.

Un siècle plus tard, on ne se bat plus dans Bordeaux. L'Arche-

[1] Avril et mai 1626 ; cf. BOSCHERON DES PORTES. *Histoire du Parlement de Bordeaux*, t. I, 1878, p. 485 et suiv. (d'après les Registres Secrets).

[2] 26 février 1602 ; ms. de Bertheau (archives du diocèse, G 532, fol. 209 et suiv.) ; cf. RAVENEZ, *Histoire du cardinal de Sourdis*, 1867, p. 52.

[3] 10 novembre 1633.

[4] Voir notamment les pièces conservées aux archives du diocèse, G 534.

vêque officie ; le Premier Président préside ; le Gouverneur parade. Mais l'Intendant circule sans cesse dans les rues, toujours affairé, tandis que des équipes d'ouvriers s'apprêtent à transformer la ville.

Ce sont les Intendants, en effet, qui ont été les créateurs du Bordeaux moderne, sous Louis XV et Louis XVI. Boucher, Tourny, Dupré de Saint-Maur, ont reconstitué notre ville, comme les intendants des grands propriétaires médocains ont refait la vigueur et la gloire des crus de Château-Laffitte et de Château-Latour.

Tout ce que vous avez admiré chez nous, Messieurs, la régularité des cours, le style sobre des places, l'ordonnance symétrique des édifices, ce Jardin Public qui met au milieu des demeures humaines la vie fraîche et sincère d'une nature toujours renouvelée, cette majestueuse façade des quais qui épouse la longue courbe de la rivière, ce mélange de grâce et de solennité qui fait l'harmonie de Bordeaux, nous a été légué par les contemporains de Montesquieu. Notre ville a quelque chose de la tournure de l'*Esprit des Lois*. Elle a reçu des architectes de ce temps sa physionomie propre, cette allure élégante et correcte que les imprudents maquillages de l'art nouveau ne sont point parvenus à faire disparaître.

Il est bien vrai que les deux «renommées» de Bordeaux, le Pont de Pierre et la Place des Quinconces, sont postérieurs à l'ancienne monarchie. Mais c'est un Intendant qui a, le premier, proposé et arrêté ces deux ouvrages [1] ; et l'homme qui les mena à bonne fin, le Préfet de Tournon, revendiquait pour principal mérite d'être l'héritier de Tourny et de Dupré de Saint-Maur.

[1] Archives départementales, C, notamment 3667 ; DUPRÉ DE SAINT-MAUR, *Mémoire relatif à quelques projets intéressants pour la ville de Bordeaux*, 1782, avec plan.

Si peu de temps, Messieurs, que vous soyez restés parmi nous, vous avez dû entendre parler de la Grande Voie, qui doit traverser Bordeaux, qui va partir du Grand Théâtre, mais qui, comme le fusil de maître Gervais, « ne part jamais [1] ». De ces longues voies « traversières » vous trouverez déjà l'espérance dans les projets rédigés par les Intendants, et transmis par eux, avec leurs bureaux, aux chefs des départements. — Nous n'avons donc pas achevé le programme d'affaires qu'ils avaient tracé.

Un gouvernement n'a pas satisfait tous les besoins d'un peuple quand il a fait prospérer les affaires. La royauté offrait le bien-être à Bordeaux, mais elle lui avait ravi la liberté. Elle lui donnait de grandes rues et de beaux jardins où les corps se mouvaient à l'aise : les âmes manquaient d'espace. Sur la ville qui s'étendait, planait toujours la menace des canons du roi.

En 1454, Charles VII, vainqueur, avait ordonné la construction du Château-Trompette, pour « tenir le fer au dos » des Bordelais ; et, pendant trois siècles et demi, à l'extrémité de la longue rue Sainte-Catherine, la citadelle apparut comme l'emblème de la force d'un maître et de la captivité d'une ville.

Cette citadelle grandissait toujours. On la répara ou on la refit sans cesse. Après la Fronde, Mazarin et Colbert y dépensèrent des sommes folles, qu'on demandait d'ordinaire aux Bordelais. Ces jours-ci, on a découvert la première pierre d'un bastion qui y fut ajouté en 1666 [2]. Pour l'accroître encore, Louis XIV fit démolir quelques-unes des merveilles de Bordeaux : le temple romain des Piliers-de-Tutelle, et les hôtels de la Renaissance aux fossés du Chapeau-Rouge. Le château royal était un monstre qui dévorait peu à peu la cité, terrain, maisons et fortunes. Et il était si réellement bâti pour la « tenir en bride », qu'il fut défendu, même

---

[1] *Tartarin de Tarascon*, d'A. DAUDET. 1er épisode, XI.

[2] Société archéologique de Bordeaux, séance du 13 mars 1903.

sous Louis XV, d'exhausser les bâtisses voisines, celles des Allées de Tourny : elles ne devaient pas gêner le tir des canons. — Le Château-Trompette à Bordeaux, ce fut la conquête continuée.

Aussi, chacune des poussées républicaines qui soulevèrent le peuple le portèrent d'abord contre le château du roi. Il l'attaqua en 1548, au temps où la Renaissance le réchauffait des souvenirs de la liberté antique. Il s'en empara en 1649, lorsque la Fronde lui fit entrevoir un instant « la République dans les astres »[1]. Sous Louis XVI, la vieille forteresse avait cessé d'être redoutable; mais, comme la Bastille, elle demeurait un symbole. Et, dans le mois ensoleillé où les Parisiens campèrent dans la Bastille, les Bordelais s'installèrent dans le Château-Trompette[2].

Ce fut le 31 juillet 1789. Simple date, mais la fin d'une longue histoire. Les canons du roi disparurent, la démolition de la citadelle commença : la Monarchie ne gouvernait plus.

Bordeaux redevenait libre, comme il l'avait été avant l'arrivée de Charles VII. Mais il ne recouvrait son indépendance que pour s'unir, corps et âmes, à la grande patrie.

Toutes ces scènes, depuis le jour où l'artillerie royale a conquis Bordeaux, jusqu'au jour où Bordeaux s'est arraché au roi pour se donner à la nation française, toutes ces scènes, Messieurs, se sont déroulées non loin de l'endroit où nous sommes réunis.

A l'Est, vous entrevoyez les bords de la rivière d'où les Bordelais contemplèrent avec épouvante les canons de Jean Bureau. — La maison où les Eyquem ont vécu s'élevait au Sud, vers le milieu de la rue de La Rousselle[3]. — Plus près de nous encore,

[1] Mot d'un Ormiste bordelais; DE COSNAC, *Souvenirs du règne de Louis XIV*, t. IV, 1874, p. 291. On trouverait, à cette époque extraordinaire, bien des mots semblables.
[2] *Registre tenu par l'Assemblée des Quatre-* *Vingt-Dix Électeurs*, aux Archives municipales. Voyez l'article de [MARTIN], dans la *Gironde* du 15 juillet 1894.
[3] MALVEZIN, *Notes sur la maison d'habitation de Michel Montaigne*, Bordeaux, 1889.

au Couchant, vous trouverez le carrefour où se heurtèrent l'Archevêque et le Gouverneur. — Enfin, marchant vers le Nord, vous traverserez les rues qu'ont alignées les Intendants, et vous arriverez aux Quinconces, sur le sol où Charles VII fit bâtir le Château-Trompette et où se dressa l'Arbre de la Liberté.

Ainsi, l'espace de cinq cents pas, vous verrez réapparaître l'histoire de l'ancienne France, telle qu'elle s'est faite à Bordeaux. La lumière du passé éclairera ces vieilles rues et ravivera vos souvenirs. Et cette lumière ne sera pas un feu follet né sur le sol, mais la lueur projetée sur notre cité par la vie de la nation tout entière.

M. Gaston Bizos, recteur de l'Académie de Bordeaux, prend ensuite la parole en ces termes :

MESSIEURS,

Désigné à la dernière heure pour présider cette séance générale de clôture du 41e Congrès des Sociétés savantes, je suis surpris et confus de l'honneur inattendu qui m'est fait. Si M. le Ministre de l'Instruction publique et des Beaux-Arts n'occupe pas aujourd'hui dans cette enceinte le fauteuil qui lui appartient, vous savez à quelle cause son absence est due. Il est parti pour l'Italie et pour la Grèce. A Rome un grand devoir l'appelle : il assiste aux fêtes du centenaire de cette fameuse Académie de France où se sont formés pour la gloire artistique de notre pays tant de peintres, d'architectes, de graveurs, de statuaires, de musiciens illustres. En Grèce, sur le sol sacré des antiques Hellènes, dont

Le monde entier, en comptant les aïeux,
Ne compte que des rois, des héros et des dieux,

Il va, dans un pieux et reconnaissant pèlerinage, remettre officiellement à un gouvernement ami au nom de la France, les pieux souvenirs que notre vaillante école d'Athènes, sous l'heureuse et féconde direction de mon camarade Homolle, a découverts dans les fouilles de Delphes.

Aucun des collègues de M. Chaumié n'a pu venir le remplacer à Bordeaux; les uns sont en Algérie avec M. le Président de la République, les autres sont retenus à Paris par d'impérieuses nécessités politiques. D'autre part, M. le Directeur de l'enseignement supérieur accompagne M. le Ministre en Italie et en Grèce, et il n'a pu, à son très grand regret, vous apporter lui-même son salut, ses félicitations et ses vœux. Il m'a chargé d'être auprès de vous l'interprète de ses souhaits affectueux et dévoués.

En me choisissant pour présider cette docte réunion, c'est l'Université de Bordeaux que M. le Ministre a voulu honorer. C'est elle qui par ma voix vous dit ce que le plus disert et le plus attique des Girondins d'aujourd'hui vous disait à Nancy en 1901 : «Il est des devoirs qui portent avec eux leur récompense et leur joie.» De ce nombre est assurément celui qu'il m'est donné de remplir à cette heure en rendant hommage à des hommes qui, en dehors et au-dessus des partis, ont consacré leur vie à l'étude des hauts problèmes de l'esprit et qui sont réunis aujourd'hui dans une cité célèbre pour le culte qu'elle a de tout temps voué à la science, aux lettres, aux arts et à la liberté politique..... Messieurs les membres du Congrès, encore une fois, au nom du Gouvernement, je pourrais dire au nom du pays tout entier, je vous remercie et je vous félicite. Pour moi, je ne perdrai pas le souvenir d'une journée où il m'aura été donné de présider une telle assemblée.

IMPRIMERIE NATIONALE. — Mai 1903.

1905

NOTE SUR UN MISSEL PARISIEN DE 1501

AYANT APPARTENU AU FONDATEUR DU COLLÈGE DE SAINTE-BARBE.

Un Missel parisien de 1501, imprimé sur vélin par Thielman Kerver et récemment offert au département des Imprimés de la Bibliothèque nationale, au nom du Comité de la *Bibliographie des travaux de M. Léopold Delisle*[1], présente un double intérêt qu'il importe de signaler. C'est, en premier lieu, le quatrième exemplaire jusqu'ici connu de cette édition du Missel de Paris[2]; les trois autres sont conservés dans la bibliothèque municipale de Carpentras[3], au Musée britannique de Londres[4] et dans la collection du comte de Villafranca[5]. En second lieu, ce même exemplaire a jadis

---

1. *Bibliographie des travaux de M. Léopold Delisle*, par Paul Lacombe (Paris, Impr. nat., 1902, in-8°). — L'exemplaire du *Missel* de 1501 conservé à la Bibliothèque nationale (Vélins, 2897) est incomplet du premier feuillet de titre et du feuillet cxlvij, au verso duquel était sans doute peinte la miniature du Canon. Il est recouvert d'une demi-reliure en parchemin, à l'intérieur de laquelle un ancien possesseur a noté le prix de vente, 2 l. 10 s., de l'exemplaire que possédait Baluze. Il semble bien que ce soit celui que Van Praet a cité dans son *Catalogue de livres imprimés sur vélin, qui se trouvent dans des bibliothèques tant publiques que particulières* (Paris, 1824, in-8°), t. I, p. 107, qui était alors conservé « à Beauvais, chez M. Bucquet, » et a passé depuis dans le cabinet de M. Le Mareschal, de Beauvais.

2. Sur les différents Missels de Paris, on peut consulter la *Bibliotheca liturgica. Catalogus missalium ritus latini*, de M. J. Weale (Londres, 1886, in-8°), p. 111-119.

3. L'exemplaire de la bibliothèque de Carpentras est le seul complet et c'est grâce à la parfaite obligeance du bibliothécaire de cette ville, feu M. Liabastres, que nous sommes en mesure de donner une description exacte du *Missel* de 1501. Cet exemplaire, qui a appartenu à Baluze et porte sa signature au bas du titre, au-dessous de la marque de Kerver, « Stephanus Baluzius Tutelensis, » est porté dans la *Bibliotheca Baluziana* (1719), à la p. 609, sous le n° 5857, et fut vendu 2 l. 10 s. Il mesure 172 sur 118 millimètres et est recouvert d'une reliure parisienne du xvi° siècle, en veau gaufré, avec coins en cuivre ciselés et bouillon, également ciselé, au centre des plats.

4. Voir *British Museum. Catalogue of printed books, Liturgies*, part I (London, 1899, in-4°), col. 250.

5. Voir A. Alès, *Bibliothèque liturgique. Description des livres de liturgie*

appartenu au fondateur du collège de Sainte-Barbe, Robert Dugast[1], qui a consigné de sa main, sur les marges du calendrier imprimé en tête du Missel, un certain nombre de notes historiques, relatives soit à sa famille, soit à divers événements survenus à Paris dans les premières années du xvie siècle.

Il ne sera pas inutile de donner tout d'abord une description du contenu et de la composition de ce petit volume. Le Missel débute, au recto du premier feuillet, par le titre suivant, imprimé en gros caractères gothiques, tirés en rouge; il occupe la partie supérieure de la page, dont le reste est rempli par la grande marque de Thielman Kerver, tirée en noir au-dessous :

Missale paruum ad usum Insignis ecclesie || Parisiensis nuper pari-sius accuratissime ca||stigatissimeque impressum. Cum pluribus missis || votiuis etiam vltra contentas in maiori no||uissime insertis. Tabula etiam perpulchra || secundum numerum foliorum singulas dominicas et || festa secundum menses distincte demonstrans. || (Grande marque, tirée en noir, de THIELMAN KERVER.)

Au verso de ce titre se trouve une table donnant les dates du Carême et de Pâques, le Nombre d'or, la date de l'Avent, les Lettre dominicale et Bissexte, pour chaque année de 1499 à 1520, et au-dessous la note suivante, destinée à marquer au relieur l'ordre des cahiers du volume :

Codices hujus libri hoc ordine junguntur : Kalendarium, a, b, c, d, e, f, g, h, i, k, l, m, n, o, p, q, r, f, s, ff, t, v, x, y, z, A, B, C, A, B, C, [D,] E, F, G. Omnes enim sunt quaterni, preter f, G, qui sunt terni, ff dimidiatus, C quinternus.

Le Calendrier, dont la première page porte la signature †ij, occupe les six feuillets suivants, et le huitième feuillet de ce premier cahier contient un « Speculum sacerdotum missam celebrare volentium ».

Le texte du Missel, qui suit, compte 220 et 54 feuillets, soit en tout, avec le calendrier, 282 feuillets, imprimés à deux colonnes, de 40 lignes chacune, en petits caractères gothiques (plus gros pour le Canon), tirés en rouge et noir et avec grandes initiales peintes ajoutées à la main.

Fol. j. « Incipit Missale secundum usum ec||clesie Parisiensis. Dominica prima || Adventus, ad missam. Introitus. »

Fol. clv. « Incipit officium sanctorum. Si || vigilia sancti Andree... » (Finit au fol. ccxx v°.)

Fol. j. « Incipit commune sanctorum. || In vigilia unius apostoli, ad missam. || Introitus. »

---

imprimés aux XVe et XVI[o] siècles, faisant partie de la bibliothèque de S. A. R. Mgr Charles-Louis de Bourbon, comte de Villafranca, et Supplément (Paris, 1878-1884, 2 vol. in-8°), p. 207, n° 108.

1. Sur Robert Dugast, voir J. Quicherat, Histoire de Sainte-Barbe (Paris, 1860, in-8°), t. I, p. 297-314, et t. II, p. 1-17.

Missale paruū advsum Insignis eccłie
Parisiēsis nup parisi⁹ accuratissime ca
stigatissimeꝗ impssū. cū pluribꝰ missis
botiuis etiamvltra cōtētas ī maioꝛi no
uissime insertis. Tabula etiā ppulchꝛa
scōm nūerū folioꝛū singulas dñicas et
festa scōm mēses distincte demōstrans.

MISSEL PARISIEN

DE 1501

Le feuillet 1 de cette seconde partie a été par erreur noté ccxij et les fol. 51 à 54 n'ont pas été chiffrés[1]. Ces derniers feuillets contiennent la table du Missel (fol. 51 v°-53 r°) :

Inventorium eorum que in hoc || *Missali continentur, dominicarum* *vide*||*licet et festivitatum sanctorum atque ali*||*orum officiorum secundum usum* || *insignis ecclesie Parisiensis.*

Au fol. 54 et dernier, dont le verso a été laissé en blanc, se trouve enfin la souscription de l'imprimeur :

¶ Ad laudem Dei omnipotentis ejusque intemerate genitricis et virginis, *in cujus honorem fundata est sacra ecclesia Parisiensis* totiusque curie celestis, actum et completum extat arte impressoria presens hoc Missale, seu misse ordinarium, in preclara urbe Parisiensi... *Impressum autem Parisiis per Thielmannum Kerver*, impressorem ac librarium juratum alme universitatis Parisiensis, commorantem in vico Mathurinorum, ex opposito domus Cluniacensis, anno a nativitate Domini millesimo quingentesimo primo, x kalendas junii.

C'est à la fin de l'année 1519 seulement, le 31 décembre, ainsi que l'apprend la note mise de sa main au dernier feuillet du volume[2], que Robert Dugast, alors principal du collège de Coqueret et curé de Saint-Hilaire, fit l'acquisition de ce petit Missel :

Missale ad usum ecclesie Parisiensis comparatum michi Roberto Dugast, primario regenti collegiate domus de Cocqueret et rectori ecclesie parochialis Sancti Hylarii in monte Parisiensi, a Carolo du Dé, ex officina, ut aiebat, Galeoti Dupré, ex libraria domini primi presidis Olivier, in presentia Mauritii Delaporte et Joannis Gouyne, anno Domini millesimo quingentesimo decimo nono, ultima die decembris.

Les notes relatives à sa famille, mises en marge du calendrier, sont au nombre de quatre seulement et rapportent sa date de naissance et les dates des décès de son père, de sa mère et de son oncle, Simon Dugast, qui l'avait fait venir à Paris et lui avait par testament légué le collège Coqueret, dont il était propriétaire et principal :

[1474, 1er juillet.] Ego natus sum anno Domini millesimo quadringentesimo septuagesimo quarto, in die translationis sancti Clari martyris, in vigilia sancti Arnulphi, secundum dyocesim Parisien-

---

1. Il y a d'autres imperfections dans la pagination ; les fol. clj à cliiij sont notés à tort clxj à clxiiij et de même le fol. ccxix est noté cxcvij.

2. Sur les feuillets de garde, au début et à la fin du volume, R. Dugast a transcrit quelques oraisons de l'office de saint Hilaire, et une main postérieure en a copié d'autres encore, à la date de 1607.

sem, que non facit translationem sancti Clari xvijᵃ mensis julii, ex relatu parentum, patrinorum et coetaneorum meorum.

[1509, 23 septembre.] Obitus patris mei Joannis Dugast, anno Domini millesimo quingentesimo nono.

[1512, 2 octobre.] Dies qua obiit mortem mater mea Coletta Buccaille, anno Domini millesimo quingentesimo xiiᵒ.

[1504, 20 mars.] Obitus patrui mei D. Symonis Dugast, decretorum doctoris, anno millesimo quingentesimo quarto.

Quelques autres notes sont relatives à des cérémonies ecclésiastiques, à sa cure de Saint-Hilaire et à l'église de Saint-Marcel, dont il était en même temps chanoine :

[*Février.*] Dominica de *Invocavit* [1], id est dominica proxima Quadragesime, que dicitur *des Brandons*, feriis iiiiᵃ, sexta, et sabbato fiunt iiii tempora. Et die lune immediate sequenti fit sermo et synodus *de la Lamproie*, id est domini officialis Parisiensis, curatis urbanis et de vicinia vulgo dicta *de la Banclieue*.

[*Avril.*] In die sancti Marci itur processionaliter de Sancto Hylario ad Sanctum Marcellum et jejunatur a carnibus. Apparantur nobis omnia ad celebrationem rei divine necessaria et, re divina peracta, revertimur itidem processionaliter [2].

[*Mai.*] In vigilia Ascensionis, hoc est 3ᵃ die Rogationum, domini de Sancto Marcello veniunt processionaliter ad edem nostram Beati Hylarii, et ego, de gratia et non debito, do jentaculum cantoribus, pueris et bidellis, seu servientibus eorum.

Enfin les remarques les plus étendues, consignées par Robert Dugast sur son Missel, sont relatives à diverses perturbations atmosphériques, tempêtes, orages, sécheresses survenues à Paris de 1514 à 1521 :

1514.

Anno Domini millesimo quingentesimo decimo quarto, xxxᵃ et penultima hujus mensis, in vigilia sancti Silvestri, a prima nocte tota usque ad sequentem quartam noctem flavit vehementissimus ventus, pluit ferme die toto et duabus noctibus grandinavit, ninxit et tonuit, circiter horam nonam diurnam, cum coruscationibus et tonitribus.

---

1. *Invocavit me*, introït du premier dimanche de Carême.
2. Au 19 avril, Robert Dugast a ajouté la mention de son patron : « Roberti abbatis », dont le nom n'était pas porté au calendrier, et au quatrième feuillet préliminaire quatre oraisons en l'honneur du même saint ont été copiées de la main de Robert Dugast.

1515.

Anno Domini millesimo quingentesimo decimo quinto post Pascha, quarto calendas maias, die sancti Vitalis martiris, xxviij[a] aprilis, cecidit grando rara, verum qualis antea nunquam visa est, crassa instar stophi seu pile lusorie, quedam instar ovi columbini, horam circiter quartam post meridiem, Parrhisii et in vicinia et adjacenti loco, que multos exterruit sic, ut credibile videretur quod in primo libro Valerius[1] scribit, titulo de prodigiis, capite ejusdem questionis 5º, in Piceno lapides pluisse.

1517.

Anno Domini millesimo quingentesimo decimo septimo, sexto idus junias, id est octava die mensis junii, in die festo sanctorum Geldardi et Medardi, propter nimis aridam terre faciem, postquam per totam ferme Galliam perditas et gelu arescerint vites, erat in toto regno annona carissima frumenti, vini, carnium et omnis generis esculentorum et poculentorum, sic quod necesse fuit (quod est Parisiensibus ultimum salutis asyllum) cum pompa celebri et processionibus totius urbis deferre sacrum beatissime Genovefe feretrum et capsam corporis ejusdem, astante, ut moris est, corpore beati Marcelli, ad edem intemerate et immaculate semper Virginis, astante et comitante universo et innumero communitatum populo, lapsis rebus, ut toti regno misertus succurreret Deus et arenti terre de celo benignum demitteret imbrem. Et eodem die, inter eundum ad supplicationes publicas, pluit parum et paucis post diebus, a die sanctissimi Sacramenti usque semper totum tempus nundinarum Dyonisiarum, abunde, sed plerumque cum tonitru, pluit.

1518.

Anno Domini millesimo quingentesimo decimo octavo, decimo septimo calendas novembres, id est decima sexta octobris, que erat dies octava a nativitate beatissimi Gallorum apostoli Dyonisii, vesperi, paulo ante horam octavam, choruscavit et tonuit pre nimio estu.

1519.

Anno Domini millesimo quingentesimo decimo nono, currente littera dominicali g, in anno bisextili, in media Quadragesima, die Veneris xvij º calendas apriles, xvj[ta] die mensis martii, flavit horam circiter quintam vesperi ventus vehementissimus, qui veteres materias, caminos et plerasque arbores funditus evertit diruitque multo cum

---

1. *Valerii Maximi factorum et dictorum memorabilium*, lib. I, 5.

fragore Parrhisii et per finitima loca passim, adeo quod fama ferebat urbem factam deteriorem in decem milibus librarum turonensium.

1521.

Anno Domini M⁰ CCCCC⁰ XXI⁰, tanta fuit caritas annone Parisiis. quod mensura modii frumenti veniebat LXXII libris t. et supra, vixque adhuc inveniri poterat; propterea senatus consulto facte sunt publice supplicationes et delate sunt capse et feretra seu loculi reliquiarum, et maxime beate Genovefe, ad edem dive Virginis ultima maii, que tunc erat postera dies sacratissimi Sacramenti, ad implorandum divinum auxilium.

H. OMONT.

(Extrait du *Bulletin de la Société de l'Histoire de Paris et de l'Ile-de-France*, tome XXXII, 1905.)

Nogent-le-Rotrou, imprimerie DAUPELEY-GOUVERNEUR.

LES IMPRIMERIES PARISIENNES EN 1721.

L'IMPRIMERIE DE JACQUES COLLOMBAT.

Le 10 décembre 1720, une déclaration du roi avait réglementé à nouveau les libraires et imprimeurs de Paris [1]. Quelques mois après, sur l'ordre du chancelier, quatre commissaires-enquêteurs du Châtelet, désignés par le lieutenant général de police, accompagnés chacun de deux imprimeurs notables, visitaient toutes les imprimeries parisiennes « pour y dresser procès-verbal des presses, caractères et ustanciles qui se trouvaient dans chaque imprimerie ». Leurs procès-verbaux sont aujourd'hui conservés à la Bibliothèque nationale (ms. français nouv. acq. 21453) et donnent le détail de quarante-sept imprimeries parisiennes, dont voici la liste, suivant l'ordre des visites qui toutes eurent lieu simultanément le vendredi 20 juin 1721 :

1. François GIBAULT, rue Galande, place Maubert. (Fol. 1.)
2. Jacques-François GROU, rue de la Huchette. (Fol. 1 v°.)
3. Jacques CHARDON, rue du Petit-Pont. (Fol. 2 v°.)
4. Jean-Baptiste LAMESLE, rue de la Huchette. (Fol. 3.)
5. Jean-François KNAPEN, rue de la Huchette. (Fol. 4.)
6. Marguerite JOLYBOIS, veuve VAUGON, même rue. (Fol. 4 v°.)
7. Catherine COULON, veuve de Jean MOREAU, et Jean-François MOREAU, son fils, rue Saint-Jacques. (Fol. 5 v°.)
8. Jean DE LESPINE, même rue. (Fol. 6 v°.)
9. Jacques COLOMBAT, imprimeur du Roy, même rue. (Fol. 7 v°.)
10. Françoise DE LA CAILLE, veuve MERGER, même rue. (Fol. 9 v°.)
11. Laurent RONDET, même rue. (Fol. 11.)
12. Jacques QUILLAU, imprimeur de l'Université, rue Galande. (Fol. 12.)
13. Jean-Michel GARNIER, même rue. (Fol. 13 v°.)
14. SEVESTRE l'aîné, au bout du pont Saint-Michel. (Fol. 16.)
15. Daniel JOLLET, pont Saint-Michel. (Fol. 19.)
16. Veuve BOUILLEROT, pont Saint-Michel. (Fol. 22.)
17. Veuve ADAM, pont Saint-Michel. (Fol. 24.)
18. Veuve Pierre DE LAULNE, rue Saint-André-des-Arts. (Fol. 25.)
19. Simon LANGLOIS, rue Saint-Étienne-des-Grès. (Fol. 27 v°.)
20. Pierre-François EMERY, fils, rue Saint-Jacques. (Fol. 29 v°.)
21. Veuve LAMBIN, même rue. (Fol. 31 v°.)
22. Pierre-Augustin LEMERCIER, même rue. (Fol. 34 v°.)

---

1. Ce règlement ne différait de celui du 28 février 1723 qu'en ce que la fixation des trente-six imprimeurs y avait été levée.

23. Josse, même rue. (Fol. 38 v°.)

24. Jean-Baptiste Coignard, père et fils, imprimeur du Roy et de l'Académie françoise, même rue. (Fol. 40 v°.)

25. Antoine-Urbain Coustelier, cul-de-sac de la rue du Paon. (Fol. 45 v°.)

26. Claude-Louis Thiboust, place de Cambray. (Fol. 47 v°.)

27. Imbert de Bats, rue de la Harpe. (Fol. 53.)

28. Christophle Laisnel, rue de la Parcheminerie. (Fol. 54 v°.)

29. Guillaume-Amable Valleyre, rue Saint-Germain. (Fol. 56.)

30. Veuve Lefebvre, même rue. (Fol. 57 v°.)

31. Jeanne de Buat, veuve de Jacques Grou, rue de la Vieille-Boucherie. (Fol. 59 v°.)

32. Laurent Mazuel, même rue. (Fol. 60 v°.)

33. Élisabeth Nego, veuve de Charles Guillery, rue Saint-André. (Fol. 62.)

34. Pierre-Augustin du Mesnil, rue Saint-Severin. (Fol. 64.)

35. Jacques Vincent, même rue. (Fol. 65 v°.)

36. Marie-Thérèse Langlois, veuve de Claude Prignard, rue de la Parcheminerie. (Fol. 68.)

37. Pierre Simon, rue de la Harpe. (Fol. 70.)

38. Gilles Lamesle, père, rue du Foin. (Fol. 74.)

39. Charles Huguier, rue Saint-Jacques. (Fol. 75.)

40. Louis Coignard, rue du Plâtre. (Fol. 76.)

41. Louis Sevestre, père, sans adresse. (Fol. 77.)

42. Jean-Baptiste-Christophe Balard, sans adresse. (Fol. 78 v°.)

43. Magdelaine Lemercier, veuve de Gilles-Paulus du Menil, rue Fromentel. (Fol. 80.)

44. Claude-Michelle Fosset, veuve de Denys Chénault, rue Saint-Jacques, près Saint-Benoît. (Fol. 81.)

45. François-Hubert Muguet, rue Neuve-Notre-Dame. (Fol. 82.)

46. Georges Jouvenel, à l'hôtel de Bretonvilliers. (Fol. 83.)

47. Laurent d'Houry, rue de la Harpe. (Fol. 84 v°.)

Ces mêmes procès-verbaux permettent de se faire une idée précise de la composition et de l'état des différentes imprimeries parisiennes au début du règne de Louis XV. On ne pouvait songer à les reproduire tous, mais il suffira de donner, comme spécimen, le procès-verbal de la visite de l'imprimerie de Jacques Collombat. Pour justifier ce choix, on peut rappeler que Jacques Collombat avait été chargé en 1718 de diriger l'« Imprimerie du Cabinet du Roy », sur laquelle une étude a été publiée jadis dans le *Bulletin* de la Société[1].

H. O.

Sorty de ladite imprimerie [de Jean de Lespine] sommes entrés en l'imprimerie du sieur Jacques Colombat, imprimeur ordinaire du Roy, auquel ayant dit le sujet de notre transport, il nous a dit qu'il

---

1. *Bulletin de la Société de l'Histoire de Paris* (1891), t. XVIII, p. 35-45.

n'avait rien à nous répondre, étant imprimeur du Roy, que luy ayant dit que c'estoit de l'ordre exprès de Monseigneur le Chancelier, que nous faisions ladite visitte et qu'il devoit y obéir ainsy qu'avoient fait ses confrères, il nous a déclaré les effets trouvez dans sadite imprimerie ainsy qu'ils suivent :

1. Premièrement quatre presses, garnies de leurs timpans et dix friquettes chacune.
Les ouvrages qu'il fait sont pour le Roy et des cours d'Heures.
2. Un gros triple Canon romain neuf, pesant deux cens, faisant environ treize feuilles.
3. Un gros double Canon romain, faisant environ deux feuilles, neuf.
4. Un autre gros Canon romain italique, d'environ trois cens pesant, faisant environ trois feuilles et demie, demy neuf.
5. Un petit Canon romain et une paire de casse, et plusieurs paquets, faisant environ deux feuilles, presque neuves.
6. Italique manque.
7. Un gros Romain, gros œil romain, faisant environ deux feuilles, presque neuf.
8. Un gros Romain, romain ordinaire, romain neuf, faisant environ cinq feuilles.
9. Un autre gros Romain et son italique, demy neuf, faisant environ 4 feuilles, demy usé.
10. Un St Augustin demy neuf, romain, italique, faisant environ six feuilles d'impression.
11. Un Cicero, gros œil, vieux, et son italique vieux, faisant environ deux feuilles.
12. Un autre Cicero, gros œil, tout neuf, en paquets, faisant quatre feuilles, en manequin.
13. Un autre Cicero, gros œil, demy neuf, romain, faisant environ deux feuilles.
14. Un autre Cicero, ordinaire, au corps de Philosophie, romain, italique, demy neuf, faisant environ quatre feuilles.
15. Autre Cicero, au corps de Philosophie, tout neuf, romain, en manequin, faisant environ deux feuilles et demy, demy neuf.
16. Petit Romain, gros œil, romain, italique, faisant environ deux feuilles et demy, demy neuf.
17. Autre petit Romain ordinaire, italique, romain, demy neuf, faisant environ quatre feuilles.
18. Gaillarde italique, romain, presque neuf, faisant six feuilles.
19. Une autre Gaillarde, vieille, d'environ quatre ou cinq feuilles.
20. Petit Texte ordinaire, romain, italique, demy neuf, faisant environ six feuilles.

[21.] Autre petit Texte vieil, romain, italique, faisant environ quatre feuilles, tout neuf, en manequin.

22. Mignone à gros œil, romain, italique, romain, vieille faisant environ cinq feuilles.

23. Autre Mignonne à gros œil, romain, italique, en manequin, faisant environ trois feuilles et demie.

24. Nonpareil, gros œil, italique, romain, en casse et paquets, faisant environ deux feuilles, tout neuf.

25. Autre Nonpareille, gros œil, vieille, romain, italique, faisant environ deux feuilles.

26. Une casse garnie de Nonpareille ordinaire, faisant environ une forme.

27. Une petite fonte, en paquets, de sept Danoise [Sedanoise], romain, italique.

28. Un manequin, faisant environ une forme neuve.

29. Quatre casses de chiffres sur differens corps et chiffres d'astrologie, neuves.

30. Un grec de gros Romain, faisant environ quatre feuilles.

31. Un grec de gros Romain, de St Augustin, faisant environ deux feuilles, presque neuf.

32. Un grec de Cicero, au corps de philosophie, faisant trois feuilles, tout neuf.

33. Une casse garnie de grec, du petit Romain in-12, contenant environ deux formes, presque neuf.

34. Une casse de grec, de petit texte, environ deux pages, neuf.

35. Un assortiment de grec de Nonpareil, en paquets, neuf, contenant environ 1 page in-8º.

36. Une casse d'hebreux, pointé au corps de parangon, faisant environ deux formes, presque neuves.

37. Un hebreux, pointé au corps St Augustin, faisant environ une feuille, presque neuf.

38. Un autre hebreux, pointé au corps de Cicero, faisant environ une feuille, presque neuve.

39. Un autre hebreux, pointé au corps de Philosophie, environ une feuille, tout neuf.

40. Une casse de samaritain, tout neuf, au corps de Philosophie, faisant environ deux formes.

41. Une autre casse de caractères rabbinique, au corps de Cicero, d'environ deux pages in-12, tout neuf.

42-43. Lettres de deux points sur trois, le corps cy-dessus énoncez, pesant environ deux cent cinquante, tant romain qu'italique, presque neuf.

44. Vignettes et fleurons de fonte, de tous les corps, environ 100 livres pesant.

45. Petit parangon, au corps de gros Romain, italique, romain, demy neuf, faisant environ deux feuilles et demy.

46. Vignettes, lettres grises et fleurons de bois, environ 600 livres pesant.

47. Environ 150 paires de casses et cassots.

48. Douze traiteaux et porte-casse.

49. Vingt-quatre galées de différentes grandeurs.

50. Soixante garnitures de différentes grandeurs.

51. Huit marbres à corriger et imposer.

52. Quatre douzaines, ou environ, de chaînes, y compris les ramettes.

53. Caractères d'écriture en gros canon de lettres bâtardes, faisant environ deux feuilles neuves.

54. Un petit Canon de lettres bastardes, faisant environ deux feuilles, neuf.

55. Un petit Canon de lettres financières, d'environ quatre feuilles.

56. Un gros Romain de lettres bastardes, d'environ deux feuilles.

57. Un gros Romain de lettres financières, d'environ trois feuilles.

58. Deux baquets à laver et une chaudière.

Extrait du *Bulletin de la Société de l'Histoire de Paris et de l'Ile-de-France*, tome XXXV (1908).

Nogent-le-Rotrou, imprimerie Daupeley-Gouverneur.

M. L. Delisle

1841

L'IMPRIMERIE DU CABINET DU ROI

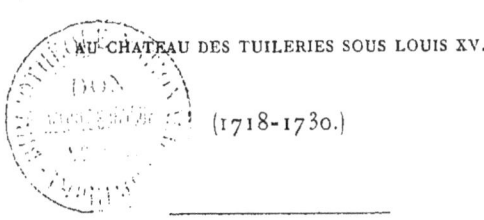

AU CHÂTEAU DES TUILERIES SOUS LOUIS XV.

(1718-1730.)

L'imprimerie fut, on le sait, l'un des divertissements de Louis XV enfant. En 1718, alors que le roi n'était encore âgé que de huit ans, on mit près de lui un imprimeur de Paris, Jacques Collombat[1], qui fut appelé à diriger l' « Imprimerie du Cabinet du Roy, » et qui prit le titre d' « Imprimeur ordinaire du Roy, Suite, Maison, Bâtimens, Arts et Manufactures de Sa Majesté[2]. »

---

1. Jacques Collombat, de Grenoble, fut reçu libraire en 1695, imprimeur en 1710, et mourut en 1744 (Lottin, *Catalogue chronologique des... libraires-imprimeurs de Paris*, 1789, pet. in-8°). — On trouve dans le vol. 46 de la *Collection Anisson-Duperron* (Bibl. nat., ms. franç. 22106, fol. 80) la note suivante sur cet imprimeur :

« COLLOMBAT. — Le père est venu à Paris avec des sabots; il est devenu apprentif imprimeur, où il s'est addonné à la fonte, et c'est lui qui a imaginé le petit caractère de l'Almanach de son nom, pour lequel il obtint un privilège en 1700, sous le titre de *Calendrier de la cour*. Comme c'étoit un homme de mérite, il fut choisi pour montrer à Louis XV l'art typographique, que ce prince aimoit beaucoup et dans lequel il a fait des progrès. Cela n'a pas peu contribué à augmenter la fortune de Collombat, qui est aujourd'hui très considérable, l'Almanach seul rapportant vingt mille livres de rente. »

2. Voy. plus loin le *Cours des principaux fleuves et rivières de l'Europe* (1718). Les autres titres de Collombat sont énumérés dans le billet de faire part de sa veuve, morte en novembre 1744 : « Dame Magdeleine de Hansy, veuve de M. Jacques Collombat, ecuyer, gentilhomme de la grande venerie de France, premier imprimeur du Roy, du Cabinet, Maison de Sa Majesté; Bâtimens, Jardins, Arts et Manufactures Royales; de l'Académie royale de peinture et de celle d'architecture; ancien adjoint de la Communauté des Imprimeurs-Libraires de Paris. » (Bibl. nat., Cabinet des titres, *Pièces originales : Collombat.*)

La même année, Collombat imprimait pour son élève un petit manuel d'art typographique, en quatre pages, in-4°, intitulé :

« Principaux termes de l'art typographique ou de l'imprimerie, avec le nom et usage des instrumens, pieces et utensiles qui sont renfermées dans l'Imprimerie du Cabinet du Roy. — *Dressez et imprimez pour Sa Majesté, Par J. Collombat Imprimeur ordinaire du Roy, et seul à la suite de Sa Majesté, 1718.* »

Pendant cette année 1718, l'Imprimerie du Cabinet du roi fut particulièrement active; on trouvera plus loin une liste, sans aucun doute très incomplète, de vingt-cinq de ses productions. A l'exception du *Cours des principaux fleuves et rivières de l'Europe*, qui seul semble jusqu'ici avoir été signalé, ce sont toutes des feuilles volantes ou placards, de différents formats, se rapportant à l'éducation ou aux divertissements du roi[1].

Les deux premières méritent une mention particulière, en ce que l'une et l'autre nous ont conservé le texte, ou plutôt deux textes officiels, des dernières paroles de Louis XIV à son arrière-petit-fils Louis XV. De ces deux textes imprimés, le premier et le plus court est entièrement conforme au texte calligraphié pour Louis XV par son maître à écrire, Charles Gilbert, et par les soins de sa gouvernante, Mme de Ventadour, au lendemain même de la mort de Louis XIV[2]. On n'y relève qu'une seule variante, tout au début; le texte manuscrit fait dire à Louis XIV : « Vous allez estre *le plus grand roy du monde;* » dans l'imprimé, on lit seulement : « Vous allez être *un grand roy.* »

Voltaire, dans le chapitre xxviii du *Siècle de Louis XIV*, dit que les dernières paroles de Louis XIV « ne sont point telles qu'elles sont rapportées dans toutes les histoires, » et ajoute qu'il les donne « fidèlement copiées. » C'est à tort qu'on a mis en doute en cette occasion le témoignage de Voltaire[3], qui a exactement reproduit[4] le plus étendu des deux textes des dernières paroles de Louis XIV, tous deux sortis, en 1718, de l'Imprimerie du Cabinet du roi et qu'on trouvera imprimés in extenso en appendice.

Les autres impressions du Cabinet du roi offrent des textes de maximes et sentences morales diverses ; ce sont sans doute là les seuls essais de typographie qu'on puisse avec vraisemblance attribuer à Louis XV lui-même. Puis viennent une suite de pièces relatives aux jeux et divertissements du

---

1. Voy. à ce propos ce que dit Saint-Simon (*Mémoires*, éd. Chéruel, XIV, 190) de l' « Ordre du Pavillon, » institué en 1717 par Louis XV enfant pour ses camarades de jeu.

2. Voy. J.-A. Le Roi, *Note sur les dernières paroles prononcées par le roi Louis XIV, mourant, à son arrière-petit-fils le roi Louis XV,* lue à la Société des sciences morales, des lettres et des arts de Seine-et-Oise. (Versailles, 1846 (?), in-8° de 8 pages.)

3. *Ibidem.*

4. On n'y relève qu'une seule variante, ou plutôt omission; le texte de Voltaire, dans la seconde phrase, porte : « plus fortement, » au lieu de : « *le* plus fortement, » dans le placard imprimé.

roi, dont les dernières sont datées de 1719 et 1720[1]; plusieurs listes des voyages du roi à Rambouillet, de 1725 à 1730, et différents états de la petite meute du roi, à la même époque, terminent la série des pièces sorties de l'Imprimerie du Cabinet du roi.

LISTE DES PIÈCES

SORTIES DE

L'IMPRIMERIE DU CABINET DU ROI.

(1718-1730.)

1718.

1. — Dernieres paroles du roy Louis XIV. au roy Louis XV. son arriere petit-fils. — De l'Imprimerie du Cabinet du Roy, dirigée par J. Collombat Imprimeur ordinaire de Sa Majesté.

Placard, in-fol. Texte encadré. (20 lignes.)

2. — Dernieres paroles du roy Louis XIV, au roy Louis XV, son arriere petit-fils. — De l'Imprimerie du Cabinet du Roy; dirigée par J. Collombat Imprimeur ordinaire de Sa Majesté.

Placard, in-fol. Texte encadré. (30 lignes.)

3. — Un Roy doit ses plus pretieux moments, au gouvernement de son état, c'est la son obligation principalle, et dont Dieu lui demandera un compte rigoureux.

— De l'Imprimerie du Cabinet du Roy.

Placard, in-8°.

---

1. On ne peut pas comprendre dans la liste des impressions du Cabinet du roi les trois pièces suivantes sorties des presses de Collombat en 1721 et 1726 :

1° Chanson sur les réjouissances faites au Collége de Louis le Grand, le Lundy 11. Aoust 1721. au sujet de l'heureux retour de la santé du Roy. — De l'Imprimerie de J. C. I. O. D. R. (In-4° de 4 pages; musique gravée en tête.)

2° Prieres pour demander la bénédiction de Dieu sur la résolution que le Roy a prise de gouverner l'État par lui-même. Imprimées pour la Maison du Roy. — A Paris, de l'Imprimerie de Jacques Collombat, Imprimeur ordinaire du Roy, et de la Maison de Sa Majesté. M DCC XXVI. (In-12 de 11 pages.)

3° Chasses du Roy, et la quantité des lieües que le Roy a fait tant à cheval qu'en carosse, pendant l'année 1725, par le sieur Mouret. (Armes de France.) — Imprimé précipitamment par Collombat I. O. D. R. (In-8° de 8 feuillets non paginés.)

4. — Thema regis.

Quæ et quanta non licet sperare à nostro juvene principe?...

— E typographeo Musæi Regis Christianissimi. *Die trigesimo Junii; Anno millesimo septingentesimo decimo octavo.*

Placard, in-8°.

5. — Theme du Roy.

Que ne doit-on pas esperer de notre jeune Roy?...

— De l'Imprimerie du Cabinet du Roy. *Le trentiéme jour de Juin; mil sept cent dix-huit.*

Placard, in-8°.

6. — [Autre Theme.]

Que sert-il d'être le maître d'un grand Royaume?...

Quid Juvat Regno potentissimo præesse,...

— E Typographeo Musæi Regis Christianissimi. M. DCC. XVIII.

Placard, in-8o.

7. — Le Prince ne doit user des moïens rigoureux qu'apres avoir amploïé inutilement les plus doux.

Le Prince qui se laisse emporter par ses passions devient bientôt le joüet de celles de ses ministres.

Placard, in-8°.

8. — Les dix commandemens de Dieu. — Les six commandemens de l'Eglise. — De l'Imprimerie du Cabinet du Roy. 1718.

Placard, in-4°.

9. — Preceptes de Sagesse.

Rendez au Createur ce que l'on doit lui rendre.

. . . .

Et dans vos actions ayez Dieu pour objet.

Placard, double in-fol. Texte à 2 col.; encadré.

10. — MESURE DU ROY.

Trois pieds dix pouces & trois lignes. Le seiziéme jour de Juillet 1718.

Placard (ou billet), in-12 oblong. Texte avec encadrement de fleurs de lis.

11.

COURS
DES PRINCIPAUX
FLEUVES
ET RIVIERES
DE L'EUROPE
Composé & imprimé
Par LOUIS XV. Roy de France
& de Navarre
En 1718
(Armes de France.)

A PARIS
Dans l'Imprimerie du Cabinet de S. M.
DIRIGÉE
Par J. Collombat Imprimeur ordinaire du Roy, Suite, Maison,
Bâtimens, Arts & Manufactures de Sa Majesté.
M. DCC. XVIII.

A la fin, on lit (page 72) :

A PARIS
De l'Imprimerie du Cabinet du Roy ;
DIRIGÉE
Par J. Collombat Imprimeur ordinaire
De SA MAJESTÉ
Au mois de Septembre 1718.

In-4° (tiré in-fol.; signatures A-S), iv feuillets de table non chiffrés et 71 pages. En tête, portrait de Louis XV enfant, gravé par
J. Audran.

L'exemplaire conservé à la Bibliothèque nationale (Département des
Imprimés, Réserve, inventaire G, 1068), relié en maroquin rouge,
aux armes, est peut-être l'exemplaire même de Louis XV.

12. — Etat des gouvernemens de la Terrasse, dont Sa Majesté a
disposé en faveur des Maréchaux Ducs. — De l'Imprimerie du Cabinet
du Roy; dirigée par Collombat Imprimeur ordinaire de S. M. 1718.
Placard, in-4°.

13. — Liste des maréchaux ducs de la Terrasse et Officiers de la
Connétablie d'icelle. — De l'Imprimerie du Cabinet du Roy. 1718.
Placard, in-8°.

14. — Etat des regimens de la Terrasse, arrêté le 23. Septembre 1718.
— De l'Imprimerie du Cabinet du Roy. 1718.
Placard, in-8°.

15. — Etat du regiment de dragons du maréchal duc Louis. — De
l'Imprimerie du Cabinet du Roy. 1718.
Placard, in-8°.

16. — Etat du regiment de dragons du maréchal duc de Pezé. —
De l'Imprimerie du Cabinet du Roy. 1718.
Placard, in-8°.

17. — Etat du regiment de dragons du maréchal duc de la Haye.
— De l'Imprimerie du Cabinet du Roy. 1718.
Placard, in-8°.

18. — Etat du regiment de dragons du maréchal duc d'Haussy. —
De l'Imprimerie du Cabinet du Roy. 1718.
Placard, in-8°.

19. — Etat du regiment de cavalerie du maréchal duc d'Arcy. — De l'Imprimerie du Cabinet du Roy. 1718.

Placard, in-8º.

20. — Etat du regiment de cavalerie du marechal duc d'Antigny. — De l'Imprimerie du Cabinet du Roy. 1718.

Placard, in-8º.

21. — Etat du regiment de cavalerie du maréchal duc de la Perouze. — De l'Imprimerie du Cabinet du Roy. 1718.

Placard, in-8º.

22. — Etat du regiment d'infanterie du maréchal duc de Montmorency. — De l'Imprimerie du Cabinet du Roy. 1718.

Placard, in-8º.

23. — Etat du regiment d'infanterie du maréchal duc de Boucheman. — De l'Imprimerie du Cabinet du Roy. 1718.

24. — Etat du regiment d'infanterie du maréchal duc de Moussy. — De l'Imprimerie du Cabinet du Roy. 1718.

25. — Regles du jeu royal de l'anneau tournant, dressées pour Sa Majesté, par Desportes. — Imprimées pour Sa Majesté par Collombat, Imprimeur ordinaire du Roy. 1718.

Petit in-8º de 4 pages[1].

1719.

26. — Regles du jeu des Barres. — Dressé et imprimé pour le Roy, par Collombat Imprimeur ordinaire de Sa Majesté. 1719.

In-8º de 4 pages.

1720.

27. — Commandement pour l'exercice. — De l'Imprimerie du Cabinet du Roy. 1720.

Placard, in-4º.

1725-1730.

28. — Liste des voyages du Roy à Rambouillet pendant l'année 1725. — De l'Imprimerie du Cabinet du Roy.

Placard, in-8º. Texte encadré. (Voyages numérotés I-X.)

29. — Autre liste. — 1726.

Placard, in-8º. Texte encadré. (Voyages numérotés I-XIX.)

---

1. Il y a une édition in-8º intitulée :

« Regles des jeux royaux de la Passe et de l'Anneau tournant, dressées pour Sa Majesté par Desportes. — A Paris de l'Imprimerie de J. Collombat, Imprimeur ordinaire du Roy, du Cabinet et Maison de S. M., etc., 1722. In-8º de 16 pages.

30. — Autre liste. — 1727.
Placard, in-8°. Texte encadré. (Voyages numérotés I-XXII.)
31. — Autre liste. — 1727.
Placard, in-8°. Texte encadré. (27 voyages non numérotés.)
32. — Liste des voyages de Rambouillet.
Placard, in-4°. (Les 14 premiers voyages de 1727.)
33. — Liste des voyages de Rambouillet.
Placard, in-8°. Texte en italiques, imprimé transversalement. (Les 9 derniers voyages de 1727.)
34. — La même liste, imprimée aussi transversalement, en rouge.
35. — Voyages du Roy à Rambouillet, pendant l'année 1728.
Placard, in-4°. Texte en italiques. (15 voyages.)
36. — Liste des voyages du Roy à Rambouillet, pendant l'année 1728.
Placard, in-8°. Texte encadré. (Voyages numérotés I-XVI.)
37. — Autre liste. — 1729.
Placard, in-8°. Texte encadré. (Voyages numérotés I-IX.)
38. — Autre liste. — 1729. (Variantes pour les jours avec la liste précédente.)
39. — Autre liste. — 1730.
Placard, in-8°. Texte encadré. (Voyages numérotés I-V.)
40. — Autre liste. — 1730. (En caractères plus forts que ceux de la liste précédente.)
41. — Petite meutte du Roy, le 3. Octobre 1726. — De l'Imprimerie du Cabinet du Roy.
42. — le 24. Décembre 1726.
43. — le 3. Mars 1727.
44. — le 12. Avril 1727.
45. — le 27. May 1727.
46. — le 10. Juillet 1727.
Placards, in-4°. Texte encadré.

[1727.]

47. — Pro Regina. Oratio. — Secreta. — Postcommunio. (Au bas les armes de France.)
Placard, in-fol. Texte encadré.
48. — Prieres pour la Reine pendant qu'elle est Enceinte.
In-12 de 3 pages. Texte encadré.
49. — Oraisons pour la Reine enceinte, que l'on dira à toutes les Messes jusqu'à ce que Sa Majesté soit accouchée.
In-12 de 3 pages. Texte encadré.

APPENDICE.

I.

LES DERNIÈRES PAROLES DE LOUIS XIV.

TEXTE MS. DE CH. GILBERT,
D'après la *Note sur les dernières paroles prononcées par le roi Louis XIV...* par J.-A. Le Roi (Versailles, 1846, in-8º.)

Mon cher enfant, vous allez estre le plus grand Roy du monde. N'oubliez jamais les obligations que vous avez à Dieu.

Ne m'imitez pas dans les guerres.

Taschez de maintenir tousjours la paix avec vos voisins, de soulager vostre peuple autant que vous pourrez; ce que j'ay eu le malheur de ne pouvoir faire par les necessitez de l'Estat.

Suivez tousjours les bons conseils.

Et songez bien que c'est à Dieu à qui vous devez tout ce que vous estes.

[Je vous donne le Père Letellier pour confesseur, suivez ses advis[1].]

Et ressouvenez-vous tousjours des obligations que vous avez à madame de Ventadour.

DERNIERES PAROLES
DU ROY LOUIS XIV.
AU ROY LOUIS XV.
SON ARRIERE PETIT-FILS.

Mon cher Enfant, vous allez être un grand Roy.

N'oubliez jamais les obligations que vous avez à Dieu.

Ne m'imitez pas dans les Guerres.

Taschez de maintenir toujours la Paix avec vos Voisins, et de soulager votre Peuple autant que vous pourrez; ce que j'ay eu le malheur de ne pouvoir faire par les necessitez de l'Etat.

Suivez toujours les bons Conseils.

Songez bien que c'est à Dieu à qui vous devez tout ce que vous êtes.

Et ressouvenez-vous toujours des obligations que vous avez à Madame de Ventadour.

De l'Imprimerie du Cabinet du Roy, dirigée par J. Collombat Imprimeur ordinaire de SA MAJESTÉ.

(Bibl. nat., Lb 37, 4452 A.)

---

1. Cette phrase a été supprimée dans la seconde copie, faite par Gilbert, alors que Louis XIV venait de mourir et que l'exil du P. Le Tellier avait été décidé.

VOLTAIRE

SIÈCLE DE LOUIS XIV

Chapitre xxviii.

Vous allez être bientôt roi d'un grand royaume. Ce que je vous recommande plus fortement est de n'oublier jamais les obligations que vous avez à Dieu. Souvenez-vous que vous lui devez tout ce que vous êtes.

Tâchez de conserver la paix avec vos voisins.

J'ai trop aimé la guerre ; ne m'imitez pas en cela, non plus que dans les trop grandes dépenses que j'ai faites. Prenez conseil en toutes choses, et cherchez à connaître le meilleur pour le suivre toujours.

Soulagez vos peuples le plus tôt que vous le pourrez, et faites ce que j'ai eu le malheur de ne pouvoir faire moi-même, etc.

DERNIERES PAROLES
DU ROY LOUIS XIV
AU ROY LOUIS XV,
SON ARRIERE PETIT-FILS.

Mon cher Enfant, vous allez être bien-tôt Roy d'un grand Royaume ; ce que je vous recommande le plus fortement, est de n'oublier jamais les obligations que vous avez à Dieu. Souvenez-vous que vous luy devez tout ce que vous êtes.

Taschez de conserver la paix avec vos Voisins.

J'ay trop aimé la guerre ; ne m'imitez pas en cela ; non-plus que dans les trop grandes dépenses que j'ay faites. Prenez conseil en toutes choses, et cherchez à connoître le meilleur pour le suivre toujours.

Soulagez vos Peuples le plutôt que vous le pourrez, et faites ce que j'ay eu le malheur de ne pouvoir faire moi-même.

N'oubliez jamais les grandes obligations que vous avez à Madame de Ventadour. Pour moy, Madame, *ajoûta-t'il, en se tournant vers elle*, je suis bien fâché de n'être plus en état de vous en marquer ma reconnoissance.

Il finit, en disant à Monsieur le Dauphin : Mon cher Enfant, je vous donne de tout mon cœur ma bénédiction ; *et il l'embrassa ensuite deux fois avec de grandes marques d'attendrissement.*

De l'Imprimerie du Cabinet du Roy ; dirigée par J. Collombat Imprimeur ordinaire de SA MAJESTÉ.

(Bibl. nat., Lb 37, 4452.)

II.

ETAT DES GOUVERNEMENS DE LA TERRASSE
dont Sa Majesté *a disposé en faveur des Maréchaux Ducs.*

Le Maréchal Duc Pezé, Gouverneur General de la Terrasse.

Le Maréchal Duc LOUIS, Gouverneur General du Bosquet et de toutes ses dépendances.

Le Maréchal Duc la Haye, Gouverneur General de la Province des Appartemens.

Le Maréchal Duc d'Arsy, Gouverneur General des Jeux de la Passe et de l'Anneau tournant.

Le Maréchal Duc d'Aussy, Gouverneur General des Ports et Havres d'eau douce.

Le Maréchal Duc de Montmorency, Gouverneur de la Salle du Billard.

Le Maréchal Duc Boucheman, Gouverneur du petit Entre-sol.

Le Maréchal Duc de la Pérouse, Gouverneur des Tentes et Pavillons de Sa Majesté.

Le Maréchal Duc d'Antigny, Gouverneur des Coffres et Bahus de la Terrasse.

Le Maréchal Duc Moussy, Gouverneur des Cahutes, des Poules, Pigeons, Tourterelles et des hautes Volieres.

Monsieur de Ligny, Capitaine des Gardes, grand Conducteur des Eaux de la Terrasse.

III.

ETAT DES REGIMENS DE LA TERRASSE.

Arrêté le 23 septembre 1718.

Dragons.

Le Regiment du Maréchal Duc LOUIS.
Le Regiment du Maréchal Duc de Pezé.
Le Regiment du Maréchal Duc de la Haye.
Le Regiment du Maréchal Duc d'Haussy.

Cavaliers.

Le Regiment du Maréchal Duc d'Arcy.
Le Regiment du Maréchal Duc d'Antigny.
Le Regiment du Maréchal Duc de la Perouze.

Infanterie.

Le Regiment du Maréchal Duc de Montmorency.
Le Regiment du Maréchal Duc de Boucheman.
Le Regiment du Maréchal Duc de Moussy.

Commissaire général.

Le sieur de Clinchant.

Ingénieur de l'Armée. Collombat.

IV.

ETAT DU REGIMENT DE DRAGONS DU MARÉCHAL DUC LOUIS.

Lieutenant colonel, M. le marquis d'Alincourt.

Major, Monse de Bordeaux.

Premier capitaine, Le sieur Bontemps.

Dragons, Les sieurs de Sepville, de Villars, de Bezons, et de Ligny.

Aumonier, M. de Frejus.

V.

ETAT DU REGIMENT DE DRAGONS DU MARÉCHAL DUC D'HAUSSY.

Lieutenant colonel, Le sieur Vidame d'Amiens.

Major, Le sieur de Charlu.

Capitaine, Le sieur de Maulevrier.

Dragons, Les sieurs de la Vallières, *frères*, de Toncpharante, et de Montmorency-Fosseuse.

Aumonier, L'abbé Mergeret.

Chirurgien major, Le sieur Aubert.

Estapiere, Ursule de la Pinoza.

(Extrait du *Bulletin de la Société de l'Histoire de Paris et de l'Ile-de-France* (1891), t. XVIII, p. 35-45.)

Nogent-le-Rotrou, imprimerie DAUPELEY-GOUVERNEUR.

www.ingramcontent.com/pod-product-compliance
Lightning Source LLC
Chambersburg PA
CBHW060441260626
47161CB00005B/2026

* 9 7 8 2 0 1 9 5 9 5 5 7 9 *